LE POULPE

bruce mayence

LA BELGE ET LA BÊTE

LE POULPE
ÉDITIONS BALEINE

Du même auteur :

Les non-partants, Éditions Métailié, 1997
Les Guenons, Éditions Métailié, 1995
Du pain sur la planche, Éditions Métailié, 1991

À mon frère Claude
parce que je n'écrirai jamais autant
de bouquins que tu n'en as lus.
J'espère que tu lis mes livres, là-haut !

Merci à Marie-Dominique Esqué-Dolfo,
pour ses textes qu'elle a bien voulu unir
à mes exactions littéraires.

1

– Et c'est parti !

– Révision de procès en cours !

Tout a un accent belge ici : le froid, le ciel, la lune, même le onzième coup de l'église Saint-Christophe.

Les arbres balancent leur nudité en se fichant bien de la mort de Mitterrand. Est-ce que les arbres français ont cessé de se balancer quand Baudouin est mort ?

D'ici, on n'aperçoit pas l'énorme bâtisse si ce n'est, de temps à autre, dans ces faibles lueurs qui trouent l'obscurité, comme si on voulait frustrer Pino et Otto des faits qu'ils étaient censés orchestrer, leur laisser la surprise de l'étendue de ce qu'ils faisaient, ils n'auraient qu'à lire le journal demain, ce serait dedans.

N'empêche qu'ils auraient quand même bien voulu être deux petites souris quand Joris est entré dans la bibliothèque, quand sa bêtise s'est fait agresser par tous ces murs de savoir, quand ses yeux brillaient du plaisir de la vengeance qu'il allait assouvir et de la peur de faire foirer son coup.

Vous pensez, il en rêve depuis quinze ans de faire

éclater cette tête de taureau, ce corps qui pète la santé.

Il marche doucement, Joris, il a pas envie d'ameuter toute la maisonnée et puis, cette forme dans le fauteuil, ça ressemble à une femme, une caricature de femme, pas à celles qu'il va voir chaque fois qu'il a mené une mission à bien, avant de réintégrer son nid, à l'abri des policiers et de toute enquête.

Il s'arrête un peu devant cette forme, la renifle, essaie de trouver des effluves de femelle et ne respire que des relents de savon, de shampoing, rien à voir avec ces odeurs de sexe dont il se goinfrera tout à l'heure. Un coup d'œil sur le visage de l'endormie, elle est moche, diaphane, les dents de devant lui sortent de la bouche abandonnée dans une moue grotesque due au sommeil, les yeux gonflés, les doigts partent dans des petits spasmes ridicules.

Ouais, c'est pas tout ça, c'est beau les gonzesses, mais il est venu pour un boulot et s'il foire son truc, ils auront tôt fait de lui trouver un remplaçant, et c'est pas ça qui manque, les aspirants remplaçants, ça grouille, l'offre est bien plus importante que la demande.

Il laisse miss Saupiquet à ses rêves de princes charmants, elle sera étonnée à son réveil, quand elle se rendra compte qu'au presque XXIème siècle, les princes charmants ont le sida et une épingle de nourrice dans le nez.

Son cœur bat la chamade quand il voit la porte du bureau, il sait que maître Anciaux est de l'autre côté ; ses doigts tremblent quand il pousse l'important battant, les veines de ses tempes martèlent le rythme de l'adrénaline qui les gonfle ; pour un peu, il hurlerait de plaisir, comme un gosse quand il fonce dans la cour de récré.

Là, de l'autre côté de cette putain de porte, il n'y a rien d'autre que le juge qui l'a condamné à perpète il y a quinze ans de ça.

Excusez du peu !

Il est là, maître Anciaux, assoupi sur son buvard, la tête dans le bras et Joris reconnaît ce cou de taureau, ces doigts velus, ces cheveux déjà blancs à l'époque et ces oreilles rougeaudes.

Il n'a commis qu'une erreur dans sa carrière de malfaiteur et ce connard de juge ne l'a pas raté, il la paiera jusqu'à la fin de sa vie.

Et il le retrouve sur sa route, et il recommence ses bêtises, Joris, il lui suffit de coller un pruneau dans cette tête, de jubiler en voyant le sang s'en échapper et il se croit obligé de sortir le grand jeu, comme au cinéma, en oubliant toute prudence.

Il doit être inscrit «gaffe» à chaque carrefour que la vie leur met sur la route, à eux deux.

Il baisse l'arme, l'enfonce dans cette oreille qui régurgite ses poils roux, sourit et murmure :

– Hé, connard !

Le cou tressaille, la vie revient dans ce corps dont il ne voit que le verso, son sourire s'épanouit.

Joris s'immisce dans l'entendement de maître Anciaux, il sait que l'autre a reconnu sa voix, qu'il cherche dans les tiroirs de sa mémoire à qui elle appartient, il glisse sur un voisin, tourne autour d'un collègue.

Il l'aide :

– Fais un effort, maître !

Anciaux se contracte tout à coup, il a trouvé et murmure, toujours effondré sur son buvard :

– Lisin !

Joris est heureux, si heureux que la prudence n'est plus de mise, que c'est tout juste s'il ne hurle pas les mots qui suivent :

– Lève la tête, maître, et regarde-moi !

C'est bien ce qui lui semblait, la ressemblance avec Jean Gabin est flagrante : ce menton bouffé aux mites, ces joues purpurines, ce grain de peau grossier…

Deux araignées s'engueulent dans un coin pour une histoire de priorité, on se croirait revenu au temps du cinéma muet, même les mouvements saccadés sont de la partie, les teintes du bureau encombré de dossiers flirtent avec le noir et blanc, il manque à peine l'usure de la pellicule.

– Perpète, hein !

Il y a des larmes dans les yeux de Joris Lisin tandis que l'avocat lutte avec les derniers soubresauts du sommeil qui lui engourdissent les doigts. Peut-être même pense-t-il qu'il rêve encore.

– Tu vois, maître, fait la voix de Joris en tremblant de trac, toi tu m'as condamné, t'as pas eu les couilles de m'exécuter…

Il change de voix, retrouve toute sa lucidité pour reprendre :

– Moi, je serai ton juge et ton bourreau !

Et maître Anciaux connaît tout de cette arme qui lui strie le front, même le numéro de série qu'il lit inconsciemment et ces gros doigts qui lui bouchent le champ visuel, il ne ferme pas les yeux, ça fait partie des risques du métier, des choses pareilles.

Il attend, il attend ce bruit épouvantable qui ponctuera la fin de sa vie. L'entendra-t-il, seulement ?

Il attend, des heures, des années, et il entend, un bruit sec suivi de celui de tripes qu'on fouille et voit glisser l'arme le long de son nez.

Sa vue est encore troublée, il louche encore d'avoir fixé ce canon et la voix de Joris efface tout ça, d'un seul coup :

– Merde ! Blanche-Neige !

Et tout un chapelet de bruits, un corps qui tombe, sa fille qui hurle, et les pas d'une maisonnée qui se réveille.

Maître Anciaux sait qu'il n'est pas mort !

Joris Lisin, lui n'a jamais su grand-chose et en saura encore moins dans l'avenir qui ne lui appartient plus !

* * *

Ça le secoue quand même un peu, la mort de ce grand bonhomme, il l'aimait bien Mitterrand et puis, les Belges, ils sont quand même un peu français, non ? Quelque part !

Depuis le temps qu'il travaille la nuit, Achille, il ne sait plus dormir dès qu'il n'y a pas de lumière. Et puis, il devait travailler cette nuit, il a dormi son quota hier, normal qu'il ne soit pas fatigué.

On peut dire qu'il l'aime, sa nuit, il l'appelle souvent sa « maîtresse », vous pensez, quinze ans que ça dure leur histoire d'amour. Au début, ça n'a pas été tout seul, il se ramassait des coups de bambou, de ces coups de bambou, je vous raconte pas, qui vous font mal, mal à l'âme, c'est pas naturel de lutter contre le sommeil et ça vous prend quelque part où on n'a pas l'habitude de se battre, on peut pas se battre contre soi-même : dans tous les cas de figure, on est perdant ! On se sent partir, le conscient rencontre l'inconscient que le subconscient combat, et on est au centre de cette bataille à se dire qu'on doit pas sombrer, et on a froid, un froid de mort qui vous prend aux tripes, vous ramène à la réalité en oubliant à chaque fois un bout, un pied dans le sommeil, l'autre dans la réalité.

Puis, à force de s'accrocher, elle vous accepte, la nuit, elle vous fait des concessions, petit à petit, elle ne vous afflige plus par ces coups de pompe, ces luttes disproportionnées contre l'eau noire de l'inconscience.

Et s'il n'y avait que ça !

Tenez, les bruits ! La nuit, les bruits ne sont pas pareils ! Essayez pour voir, une bête cuillère dans une tasse, ça vous fait un de ces tintamarres que même Dieu, il l'entend.

– Pas chaud, c'te nuit, prendrais bien un café, moi !

Et cette intimité solidaire qu'on noue avec des inconnus, le matin, vers cinq heures, vous rentrez de votre boulot, vous croisez un diurne qui part au labeur, vous vous saluez, sans obséquiosité, et, croyez un vieux nuiteux comme Achille, les gars qui se lèvent le matin, qui ne font que croiser les vrais hiboux, ceux qui draguent la nuit que quelques heures, comme un bon coup, on les reconnaît du premier coup d'œil.

Ils ont pas le label des noctambules !

On est là, à trois plombes du mat, à conter fleurette à dame la Lune et on aperçoit une fenêtre éclairée, deux pâtés de maisons plus loin.

Ben, on attend, parce qu'on sait qu'il va venir à sa fenêtre, c'est sûr ça, il peut pas en être autrement, et il vient, on lui offre un petit salut et il vous le rend, même si on est trop loin pour remarquer les détails.

Quand Achille revient vers cinq heures du matin, il évite de claquer sa portière, pour ne pas réveiller les voisins. Quand il vivait dans un appart et qu'il travaillait pas, il tirait même pas la chasse d'eau, il attendait le matin pour faire les bruits que la vie revendique alors que les gens du jour, eux, ils n'hésitent pas à vous foutre des marteaux piqueurs dans les oreilles toute la sainte journée.

Et vas-y qu'on papote sur les trottoirs et vas-y qu'on sonne à la porte :

– C'est pour relever les compteurs, m'sieur Dandois !

– Pourquoi ? Ils sont trop bas ?

Et vous avez du gruyère plein la bouche, les paupières qui jouent les chutes du Niagara, qui vous tombent sur les genoux et vous lâchez :

– Savez pas venir à une heure normale, non ?

– Une heure normale ? qu'il s'étonne le gars de l'électricité. Et c'est quoi, une heure normale, pour vous ?

– Ben ! Deux ou trois heures du matin, tiens !

Il a une pensée pour son vieux compagnon de nuit, Achille, il se demande ce qu'il peut faire à cette heure, son vieux copain de Joris Lisin.

Bien sûr que c'est une crapule mais ça fait quinze ans qu'ils passent leurs nuits ensemble, ça vous rapproche deux êtres, ça !

Et qu'est-ce que c'est que ces congés surprises qu'on lui offre de temps en temps, sans prévenir, comme ça ?

À chaque fois qu'Achille se ramasse un de ces congés, il fait sa petite enquête sans avoir l'air d'y toucher et ne trouve personne pour répondre à ses questions, personne ne l'a remplacé !

Un bordel, je vous jure ! Et on s'étonne qu'il y ait tellement d'évasions.

Qu'est-ce que c'est que cette voiture ?

Perdus, les mecs ! À trois heures du matin ! Heureusement que l'Achille, il dort pas ses nuits, hein !

– Je peux vous aider ?

Tiens, il a pas eu une bonne idée, Achille, de sortir comme ça, à trois heures du matin, seul dans la nuit !

Il aurait mieux fait de regarder une connerie de téléfilm !

Mais qu'est-ce que c'est que ces familiarités ? On n'a pas gardé les cochons ensemble !

Quoique…

Il est vieux, Achille, trop vieux pour se débattre quand il sait que la partie est perdue d'avance, trop vieux pour desserrer cet étau qui l'empêche de crier, pour mettre une mandale à ces deux abrutis qui le prennent pour un punching-ball.

Surtout qu'on lui a attaché les mains.

Et pourquoi qu'il remplit la baignoire, l'autre là, celui qui ressemble à Aldo Maccione ?

Et il pourrait mettre de l'eau chaude !

Tu vas y passer, hein, mon vieux Dandois ! Tu la connais, la mort, tu l'as côtoyée assez souvent pour savoir que c'est qu'un instant, qu'avant elle existe pas, et qu'après elle existe plus. Le néant ! C'est les vivants qui en ont peur, c'est l'affaire des vivants, la mort !

Manquerait plus qu'ils te fassent mal, tiens ! Pourvu que tu tombes sur des pros !

Laisse-toi faire, mon vieux, et quand il te mettront la tête sous l'eau, respire deux ou trois grands coups, ça ira plus vite.

Il paraît !

Merde, il s'en va, Achille, et le Tour de France, et les Jeux Olympiques, ils seraient bien foutus de les faire sans lui !

Ça fait quand même quelque chose de partir le même jour qu'un type comme Mitterrand, avec un peu de chance, ils vont se croiser.

Courage, Achille…

Il aurait jamais cru qu'il serait mort en chantant Brel, tiens : *« Adieu l'Achille, je t'aimais bien, adieu, l'Achille… »*

2

S'il vous était donné, un jour, de vous balader avec des bras et des jambes aussi longs que les miens, vous comprendriez pourquoi je maudis les avions, le TGV et le métro aux heures de pointe bourré de gniards qui sentent encore leur couche.

Pouce !

Je me lève, je peux plus rester assis, si compressé

que j'ai l'impression d'être un crabe encaqué dans sa boîte, déjà qu'on m'appelle le Poulpe.

Cheryl va gueuler.

Pas moyen de me débarrasser de ce parfum qui me colle à la peau, je vais en recevoir pour mon grade. Pourtant, je vous jure que pas un instant je n'ai eu le sentiment de la tromper, ma Cheryl, rien qu'une petite incartade, histoire de voir si on a fait mieux qu'elle.

– Mademoiselle !

Zut ! Les portes se sont refermées, elle pourra pas le récupérer. Tant pis ! Qu'est-ce que c'est que ce bouquin ? Je le ramasse, le feuillette : *Passant d'éternité* de Marie-Dominique Esqué-Dolfo, éditions Soi-disant, Saint-Étienne.

Un recueil de poésie.

Jamais rien compris à la poésie, moi. Trop sentimental, peut-être...

Nation, terminus... Roulez, jeunesse.

Correspondance vers Pont-de-Sèvres, sortie Voltaire, un peu moins de monde.

Qu'est-ce que je vais prendre ! À moins que...

Lèche-bottes !

– Atchîîîîîî !

D'après son sourire, le grand Noir qui vend des peluches doit être sénégalais, allons-y pour le marchandage sans quoi il aura l'impression de se faire arnaquer.

– T'as un sac en plastique, gars ?

– Oui, m'sieur ! Tu connais la chanson de Souchon !

– Oui, tous les Noirs ont un sac en plastique. Mais hermétique, hein, le sac !

Jamais pu supporter cette matière, moi.

Cheryl adore les kangourous, j'espère qu'elle l'a pas, celui-là, sinon, c'est galère.

Il gèle plus, une dernière fleur à Mitterrand.

Une rose !

– Tiens, Léon ! Qu'est-ce que tu fous tout seul ?

Il s'en va du cul, le vieux Léon, comme tous les bergers allemands, il peut plus faire dix mètres sans escale.

– 'Jour, les clones !

Gérard a la gueule des grands jours, Gérard vit tous les jours des grands jours, il se plante devant moi, me visse l'index dans la narine, ce qui doit me faire sourire malgré moi et hurle, presque :

– Pas un mot sur notre président ! Vu ?

– Ça me viendrait pas à l'idée de dire du mal d'un mort, Gérard !

Il me regarde, suspicieux et lâche :

– Qu'est-ce que tu veux dire par là ?

Il est pas vrai, ce type, il porte une petite bande de feutrine sur un coin de sa chemise, pour un peu, il arborerait une rose rouge.

C'est jour de deuil au Pied de Porc à la Sainte-Scolasse, aujourd'hui !

– François de Jarnac, c'était un très grand président ! reprend le patron de mon rade préféré, sur la défensive.

– De Gaulle mesurait dix ou quinze centimètres de plus, je crois.

Gérard me fusille des yeux, j'en ai dit assez. Maria, son épouse, m'offre son sourire de bonne-maman en m'encourageant du poing pour que j'asticote son bistrotier de mari, je tends la main vers *le Parisien*, il regorge de larmes empathiques, normal !

– Ils l'auront quand même laissé partir en paix.

Je vous prends à témoin, qu'est-ce que j'ai dit de mal ?

– Qu'est-ce que tu veux dire, Gabriel Lecouvreur ?

– Ben, rien, Gérard. Juste que les journalistes ont laissé un vieux bonhomme d'ex-président s'en aller par consomption.

– Qu'est-ce que c'est, ça, «consomption» ?

– Un truc pour éteindre les incendies !

Le gars qui vient de parler, c'est Vlad, le cuistot qui vit dans un coin de la maison, aux étages, le seul type dont Léon ne semble craindre aucun danger. Faut dire qu'ils se ressemblent, tous les deux, ils se sont pointés ici, un beau matin avec leurs puces pour seul bagage.

Gérard me jette mon café sur le coin du zinc, comme si je sentais le gaz, mon kawa doit être plein de marc.

– Cheryl a appelé.

Ouille !

– Qu'est-ce qu'elle voulait ?

– Mon vieux Lobo, mon fusil de chasse, juste pour cinq minutes, quand tu vas rentrer.

Il ajoute, en tendant les mains vers son épouse :

– Quand on a ce qu'il faut à la maison, mon Gaby, on va pas voir ailleurs !

Il a juré de me pomper l'air, j'attrape mon croissant et mon jus de chaussette et je vais me réfugier sur un coin de table, près de la fenêtre...

Décidément, c'est le jour des trouvailles, un

bouquin dans le métro et un journal belge sur une chaise.

– Y'a deux Belges qui sont passés, tout à l'heure.

Gérard s'excuserait presque qu'un journal belge se retrouve dans son bistrot.

– Ils sont bien, les Belges, Gérard. Tu sais que nos plus grands artistes sont belges : Simenon, Brel, Steeman…

– Tintin !

Les yeux de Vlad sont de plus en plus vides, son avenir semble faire partie de son passé, il porte tous les malheurs de ses compatriotes sur le visage.

Il me glace le sang, ce type, ça m'étonne pas que Dracula fût roumain ! Pourtant, il a le cœur sur la main et je vous rappelle que c'est le seul être humain qui fasse pas peur à Léon. Il doit pas regarder les films d'horreur, le Léon !

Le cuistot est assis en face de moi, courbé sous le poids de sa vie, ses yeux trempent dans son café, à se demander s'il va tirer sa prochaine taf d'oxygène…

Comment est-il encore arrivé ici ? Un jour, il m'a parlé de lui, il était pété et s'est laissé aller aux confidences dans sa soûlographie, il prétend qu'il était médecin dans son pays, un médecin cul-de-jatte, sans médocs, sans matos, il a vu crever des gosses du tétanos. Il en dort plus !

Allons, voyons les dernières histoires belges !

– Merci, ma Maria.

– C'est la maison qui paie !

Gérard m'offre son œil de mari jaloux, comme si j'allais lui chiper sa vieille alors qu'elle pourrait être ma mère !

Elle se ferait pas prier d'ailleurs, surtout que j'ai perdu la mienne quand ma mémoire était encore à faire.

Il se ramollit, le patron, il veut me parler, cherche un truc de macho, histoire de se faire pardonner sans le faire ouvertement :

– Y'a les bières aussi !

– Hein ?

– Ben oui, les bières belges ! C'est comme un «cunulo-lingus» à la Vierge, une bière belge !

Et je prends une baffe ! Livide, le Poulpe ! Blanc comme l'argent de la pègre après un passage au ministère des Finances.

– Ben quoi ? Qu'est-ce que j'ai encore dit ? Il va me traiter de raciste, le Gabriel, moi qui utilise les i grecs, qui ai un berger allemand, une montre suisse et qui mange du fromage de Hollande !

Pour une fois dans ma vie que je lis un canard belge et c'est pour recevoir une claque, une dont on se relève pas. Un militaire sympa que j'ai rencontré dans ma vie et c'est pour le retrouver quinze ans plus tard dans un canard belge !

Le sergent Dandois !

– Ça va pas, Gabriel ?

– Je pouvais pas savoir, Maria, que ça lui déplairait que je parle ainsi des Belges. Il est toujours le premier à raconter leurs histoires.

– La prochaine fois, Gérard, dit Maria en me tâtant le front, assure-toi que c'est pas un Belge qui écrit le livre.

Et moi, je balbutie :

– Regarde, Gérard. Ce type. Le sergent Dandois. Il était avec moi, en Allemagne quand ils m'ont envoyé dans un bataillon disciplinaire, il était instructeur de l'armée belge. On a fait les quatre cents coups, tous les deux.

Gérard attrape le journal et lit à haute voix :

« Étrange évasion à Jamioulx !

La nuit du 8 au 9 janvier, le gardien de prison Achille Dandois, ancien sergent de l'armée belge, ne s'est pas rendu à son travail ; il préparait l'évasion du détenu dont il avait la garde depuis plus de quinze ans. Mais les choses ont mal tourné, les deux acolytes ont dû avoir une divergence quand il s'est agi de partager le magot que Joris Lisin avait caché depuis son arrestation et qu'on n'a jamais retrouvé. Après avoir noyé son gardien dans sa propre baignoire, le malfaiteur est allé régler son compte au juge qui l'avait envoyé derrière les barreaux. Mais tout ne s'est pas déroulé comme le désirait le fugitif. En effet, la fille de maître Anciaux – le célèbre avocat qui osa refuser le bâtonnat voici dix ans – était endormie dans le salon, quand un bruit venant du bureau de son père la réveilla.

N'écoutant que son courage, Noémie Anciaux décrocha une hallebarde lorsqu'elle vit son père en danger de mort et occit le malfrat sans autre forme de procès.

Les enquêteurs ont conclu que les deux complices se sont disputés pour le partage du magot, et Joris, après avoir plus que certainement assassiné Achille, est parti régler ses comptes avec celui qui lui a fait passer quinze ans en prison. Il ne fait aucun doute pour monsieur Pierre Baron, le juge chargé de l'enquête, que s'il n'y avait pas eu cette dispute, les deux tristes sires seraient loin à l'heure qu'il est.»

Il y avait quelques photos qui illustraient l'article, outre celle de mon vieux pote Dandois, la gueule typée du tueur, et maître Anciaux, en pied, qui ressemblait à Jean Gabin.

– Cheryl au téléphone, Gaby !

– Dis-lui que j'arrive, Maria.

Il y avait un côté positif à cette histoire : Cheryl allait quand même pas engueuler un type qui vient de perdre son meilleur ami.

3

Ça faisait des années que j'avais plus pensé à mon pote Dandois et d'un seul coup, mon esprit n'était plus occupé que par lui, le moindre neurone en était saturé. Je le revoyais sous toutes les coutures, dans toutes les positions, je me souvenais de ces regards que lui lançaient les hommes qu'il avait sous sa gouverne, remplis de tendresse alors qu'il ne leur passait rien quand il les commandait, il levait le coude et se laissait tutoyer dès que le clairon avait aboli les hiérarchies.

J'avais vraiment pas de mal à prendre la tête d'un type qui a perdu son portefeuille quand je suis entré dans le salon de coiffure de la rue Popincourt.

– T'as perdu ton portefeuille ?

Quand je vous le disais !

Ma Cheryl semble sortir du dernier James Bond avec son sèche-cheveux en berne, elle tente tant bien que mal de cacher sa colère mais ses yeux la trahissent et elle leur en veut de ne pouvoir compter sur eux, les pains lèvent sous les casques et…

Oh, la nouvelle stagiaire ! On dirait une vraie ! J'ai du mal à garder mon air de cocker avec les jambes de la fille qui m'accueillent les bras tendus. Des jambes jusqu'aux aisselles, belles comme des visages, longues comme des autoroutes.

Qu'est-ce qu'elle fout là ? Pourquoi elle fait pas du cinéma ?

Je tends mon journal à Cheryl, plié en bonne et due forme pour que seul l'article relatant la mort de mon pote soit visible, elle me jette un de ces regards et avant même de le lire, me dit :

– C'est reparti pour un tour !

– Un vieux pote !

– L'évadé ?

– Le garde fou !

– C'est pour ça que t'es pas venu ?

– J'avais besoin de rester seul, tu comprends, je…

Elle me prend dans son giron, je ronronne, tout va bien. J'en profite pour mater les guiboles à miss Dim, y'a des jours où on aimerait n'être que du Lycra.

Des jambes comme ça, on n'en voit qu'une seule fois.

…Par jour !

Et juste au-dessus de l'élastique des collants, je m'imagine deux petits seins qui dardent leurs étendards comme une pharmacie son caducée, une frimousse à vous décourager une chaise électrique et des cheveux, des cheveux… Y'en a des tas, tout noirs, tout longs, des cheveux, quoi !

Je peux juste pousser un soupir !

– T'es triste, mon Gaby ?

– Gérard prétend qu'il y a rien d'anormal à ce que deux complices se flinguent pour un magot et que le survivant aille régler son compte à celui qui l'a envoyé compter les barreaux de sa cellule jusqu'à la fin de sa mort !

– Ben, je vois pas ce qui nécessiterait un déplacement.

– Y'a que…

Je pointe le pouce vers les deux fesses qui me sourient tendrement tandis que la propriétaire du patrimoine rafistole les poils roses de madame Ledru :

– On pourrait en parler au calme !

Cheryl rengaine son sèche-cheveux et semble amadouée, puis je suis son petit derrière dont je connais les moindres recoins dans le colimaçon de l'escalier.

À peine en haut, j'ôte ma chemise où stagnent les miasmes de la gonzesse de la nuit, je me dirige vers la douche où je vais laisser les dernières preuves de la légèreté de mon être et je continue mon exposé :

– Y'a que je connaissais très bien le type qui a plongé sans ses bouteilles d'oxygène, qu'il y a quinze ans, ce type, il aurait rendu sa monnaie à une pièce de vingt centimes, que son seul défaut, c'était la bière, et qu'en tant que Belge, aimer la bière, c'est pas un défaut !

– Tu vas aller chez les Belges ?

– Ouais !

– Tu sais parler le belge ?
– Mais ils parlent le français, les Belges !
– Mais ils parlent aussi ce machin, là. Comme les grands oiseaux…
– Le Flamand !
– Tu t'es fait vacciner contre les maladies de là-bas ?
– C'est pas la Mongolie Inférieure, la Belgique. Il paraîtrait même que depuis la Lune, on n'aperçoit que deux constructions humaines, ma chérie, la grande muraille de Chine et... ?
– Hollywood ?
– L'éclairage des autoroutes belges !
Cheryl est une femme, donc elle a flairé les traces qu'a laissées l'autre femme pour marquer son territoire, elle dit rien, elle écrase mais fait sa petite enquête sans avoir l'air d'y toucher, mon sexe se retrouve dans sa main gauche, mes gonades dans sa droite, elle teste la fiabilité de mon chibre mais c'est sans compter sur la vieille amitié qui nous lie, lui et moi, on est très attachés l'un à l'autre, et, fier comme un puceau qui vient de perdre sa fleur, il se met au garde-à-vous.
Un hommage posthume à mon vieux pote Achille.
Les souvenirs de ma nuit, les jambes interminables de la stagiaire, le visage cerné de blond de Cheryl et la main savante d'une amie de longue date avec qui je jouais déjà à touche-pipi avant d'avoir perdu ma dernière dent de lait, c'est la totale !
– Maria a changé de parfum ? s'enquiert la fourbe.
– Tu parles de ce truc qui chlingue ?

– Encore que «chlingue» c'est que le prénom. Même ton foie en est imbibé !

– Tu sais ce que c'est, serrés dans le métro, l'un contre l'autre, on y laisse des plumes. Ce matin, y'avait une gonzesse contre moi, on se serait cru dans un jambon-beurre, elle a même perdu un bouquin, un livre de poésie, je sais pas trop quoi.

Quand c'est pour sauver ma vie, je suis capable de faire croire à n'importe qui que c'était moi, le survivant de l'éruption de la montagne Pelée, enfermé dans son cachot, mais quand il s'agit de mentir à Cheryl…

– Je t'engueulerai pas, mon Gaby, parce qu'on a un accord, que tu m'appartiens chaque fois que tu te donnes et jamais autrement mais y a un truc qui passe pas, c'est qu'on avait rendez-vous à vingt heures, que je t'ai attendu durant deux heures devant ce cinéma, que t'es pas venu et qu'il y a un tas de types qui m'ont demandé, à moi, combien je prenais ! Tu te rends compte ?

Y'a des moments, vaut mieux changer de conversation.

– Pauvre vieux !

– C'est ça, plains-les, tant que tu y es !

– J'ai pas mis de s à «pauvre», je te parlais de mon vieux pote, le sergent Dandois, c'était un type bien !

– Il était militaire !

Non mais, vous avez vu avec quelle grâce j'ai détourné la conversation ? Surya Bonaly quand elle fait ses quintuples axels !

Prenez-en de la graine ! Et un petit supplément, la cerise sur le gâteau :

– Mais comment tu fais, ma chérie, pour avoir des seins pareils ? Il était peut-être militaire mais il y a parfois des exceptions !

– Je dors en Chanel n° 5, comme Marilyn !

– Je... !

– Tu... ?

Si tous les chefs d'État tenaient leurs conférences sur des lits tout roses, je suis certain qu'il y aurait moins de guerres !

– Mais...

– Sûrement... !

Ha, si j'étais une vraie pieuvre, ma Cheryl, si j'avais huit mains, je pourrais t'aimer comme tu le mérites, mes tentacules t'investiraient tout entière, je te donnerais ce plaisir que ton corps revendique.

– C'est ton genou que je sens là, dans mes côtes ?

– Non !

Confortable comme une pantoufle, belle comme un escarpin, souple comme une basket.

– Ho, Gaby, mon Dieu !

– Je sais, ma chérie, je sais !

Je te sens, ma chérie, comme un cardiaque sent son pacemaker, un diabétique son insuline, un pendu sa corde !

– Je t'aime, mon Gaby !

– Ne sois pas grossière !

Même les posters de Marilyn, de Michelle Pfeiffer et Elsa Martinelli, ils matent, elles admirent, elles bavent, elles envient !

Et tout le rose de son appartement baisse les yeux, les kangourous font rentrer leurs enfants de peluche dans leur poche, les filles surtout parce qu'elles pourront plus vivre avec leurs futurs beaufs de maris si elles savent que ça existe, qu'elles l'ont vu dans un appartement situé au-dessus d'un salon de coiffure de la rue Popincourt, Paris 11ème.

C'est beau le charisme, alors que je pourrais éjaculer comme un pignouf et m'endormir à l'auberge des Culs Tournés, je fais d'un coup de rein, une œuvre d'art.

Les yeux de Cheryl me remercient et moi, dans ma mansuétude, je me concentre, je serre les fesses, je lis le bottin du téléphone, le plan de Yaoundé, le programme télé.

– T'es sûr que t'es tout seul, là-dedans ?

– Mais comment ils font, les trois autres milliards de mecs pour vivre sans toi ?

Et puis là, je vous raconte plus rien, parce que ce qui se passe, c'est un truc à nous, à Cheryl et à moi, on se regarde dans les yeux et on se sent plus qu'un et malgré la secousse sismique et les cris qui ameutent la stagiaire en train de défriser les jambes de madame Ledru, on a un moment de tendresse, je suis une femme parce que le seul corps que je puisse voir est celui d'une femme, que je suis si loin dans elle que je suis elle, les sous-titres de ses yeux parlent en espéranto, tout ce qu'on s'est pas dit depuis des jours, on le lit là, dans cette larme de reconnaissance qu'on verse en même temps, sur le saumâtre qui rosit les draps encore plus roses.

Et on se serre très fort, et les mots sont dérisoires, et les gens s'arrêtent de mourir de par le monde, ils oseraient pas nous faire un coup pareil, et le pape réhabilite le condom, y a plus de guerre, plus de racisme, les fascistes se confessent, les ministres véreux remboursent leurs dettes, les SDF n'ont plus froid... On refait le monde, je vous dis, parce que le monde, à cet instant-là, c'est nous deux et rien que nous deux !

Marilyn nous tend son Oscar, les kangourous applaudissent, les gens sortent enfin de chez eux, rien que pour nous toucher, monsieur Puduku vient s'excuser de m'avoir puni en 1968, il savait pas qui j'étais, la maman de Cheryl me promet de brûler un cierge tous les jours, pour remercier Dieu de m'avoir mis sur la route de sa fille.

Et Cheryl va parler !

On branche les haut-parleurs, les caméras tournent, on sort les bloc-notes, qu'est-ce qu'elle va dire ? Qu'est-ce qu'elle va dire ? Le moment est historique, le temps s'arrête de vieillir, elle ouvre la bouche :

– Dis donc, ça te stimule, les parfums bon marché !

4

Pedro est en vacances, j'ai mon passeport en poche, le mien et une dizaine d'autres, j'ai dû puiser dans ma réserve, idem pour le flingue, j'ai pris celui de secours, il a jamais servi et si je m'en sers, je le ferai disparaître ensuite.

Ils changent les locos à Aulnoy, plus loin, c'est la Belgique.

Je me demande à quoi ça ressemble, la Belgique.

– Y'a des cartes de téléphone, monsieur, en Belgique ?

Le gars assis en face de moi dans le wagon du train qui m'emmène à Charleroi, il est sympa, une tête de beauf et l'accent belge, le vrai, pas celui des caricatures de Belges dans les films, on dirait qu'il chante quand il parle, il me regarde, il pense, il remâche sa belgitude et cherche un truc intelligent à me dire, histoire de sortir la tête de l'eau de ses compatriotes.

– Oui, mais elles sont encore en pierre !

Je lui souris, gêné, et il en remet, il prend de l'assurance :

– Vous avez pas une roue, dans votre valise ?

– Une roue ? Non ! Pourquoi ?

– Ben, comme ça, je l'aurais inventée en Belgique, j'aurais pris un brevet et j'aurais fait fortune !

Il claque les mains sur ses grosses cuisses et me fait un clin d'œil.

– Vous allez à Charleroi ?

– Oui !

– Si vous avez le temps, on peut aller boire une bière, une belge. Vous connaissez les bières belges ?

– Un peu, oui !

– La Karolus, la Charles-Quint, la Maredsous, la Chimay, la Leffe. Si j'avais pas vendu ma mère pour un paquet de cigarettes, je l'aurais fait pour une bière ! Comme on dit chez nous : si elle avait eu de la bière dans ses seins, je téterais encore !

– Il y a un bar dans le train, je vous paie un pot ?

Et je rajoute, avec un clin d'œil :

– Une fois !

– Plutôt deux fois qu'une !

Et dix minutes plus tard, je sais tout de la manière dont les Belges voient les Français.

– Ils sont suffisants, franchouillards, ils pensent qu'il y a que le français qui se parle et puis, savez-vous que tous les grands artistes français viennent rôder leur spectacle à Bruxelles ? La Belgique, c'est un carrefour de la culture. Vous vous rendez compte ? On est entre les Français, les Anglais et les Allemands. On entend les tubes anglais six mois avant qu'ils sortent en France. Et avec ça, y'a plein de trucs qu'ont été inventés par les Belges.

– Les frites.

– Le patin à roulettes, le premier train européen a roulé en Belgique, le Trans-Europe-Express, et nos grands hommes : Zénobe Gramme, Adolphe Sax, Solvay ! Nom de Dieu, et la bédé, vous croyez que c'est les Japonais qui ont inventé Spirou, les Schtroumphs et tout le saint-Buzin ? Faudrait être une grosse «biesse» pour penser ça !

– C'est vrai ce qu'on dit sur le climat ?

– Non, d't'à l'heure ! Y'a même un canal qui s'est pendu à cause de ça !

Ça me fait drôle d'entendre ce gros homme citer Brel avec tant de fierté.

– Et y'a des diables en pierre qui décrochent des nuages, aussi !

Et moi qui me croyais insensible à la poésie, assis en face de ce gros homme qui s'essuie une larme rien qu'en parlant de son pays...

Le bouquin du métro est sur le guéridon de ce train, je l'ai pas encore ouvert, je le fais au hasard, ça me fait penser à Cheryl et à son appétit sexuel inextinguible :

«Tant de ciel dans tes yeux
Et ton corps qui exulte
Chair royale
Terre ferme de mes ancrages
Et toujours le désir
Au-delà du désir»

Et à ses yeux, à ses seins, à ses jambes, à son érudition.

À Cheryl, quoi !

Et à son visage, à ses cheveux…

– Et qu'est-ce qui vous amène au «pays noir» ? reprend mon gros homme de Belge quand il est certain de pouvoir parler sans que sa voix ne trahisse son trouble.

– Le «pays noir» ?

– C'est comme ça qu'on appelle la région de Charleroi, à cause des charbonnages, autrefois. C'est encore plein de terrils, par ici, ils sont en partie reboisés, ça semble cacher le deuil de sa richesse d'antan, depuis qu'on a fermé les charbonnages, il y a une vingtaine d'années, ça a fait boule de neige, le reste a suivi, sidérurgie, aciéries et toute la clique, c'est une région sinistrée, maintenant. Ça me fait penser à votre ville, là, où y'avait la Manufacture, ben, c'est comme à Charleroi, il reste plus qu'une équipe de foot. Par ici, y'a plus que des ruines, les habitants sont découragés, faut les comprendre. Et puis, c'est plein d'immigrés qui partagent la misère des autochtones.

C'est à peine s'il boit une lampée de bière de temps en temps, je sens qu'il parlerait de Charleroi durant des heures, et je le laisse la raconter, je me gave de son accent, de ses intonations qui vous surprennent et qui font que la langue française survivra.

– Y'a même un original qui a planté une vigne sur un terril et il récolte son raisin chaque année au point qu'il en tire un petit vin qui se défend malgré le climat. Et à Charleroi, y'a des statues. Oh, vous me direz : il y a des statues partout. Et moi, je vous répondrai : que nenni, monsieur le Parigot ! À Charleroi, c'est des statues de héros de bédé, Lucky Luke, le Marsupilami, Boule et Bill, etc. Un emplâtre sur une jambe de bois, ce qui fait qu'on a des termites au lieu d'avoir des puces !

– Vous l'aimez, hein, votre Belgique !

– Est-ce qu'on n'aime pas sa mère ?

Puis, tout à coup, son visage change de registre quand il me demande :

– Mais qu'est-ce que vous venez foutre dans un coin perdu comme Charleroi, monsieur... ?

– Gabriel Dujacquier !

Et je lui tends la main qu'il s'empresse de serrer avant que sa belgitude ne l'empêche de l'accepter.

– J'écris un bouquin sur les bières, reprends-je en m'empiffrant de mousse, une espèce d'anthologie, si vous voulez, il y aura quelques chapitres sur les bières belges.

Son visage s'éclaire, au gros Belge, il jubile.

– Vous avez réservé une chambre d'hôtel ?

– Non, je...

– Ben alors, il est hors de question que vous alliez

coucher ailleurs que chez moi et vous serez mon invité, bien sûr !

– Je…

– Vous pensez quand même pas que vous aller échapper à l'hospitalité d'un Carolo, monsieur Dujacquier, et puis je vais vous donner une bonne raison d'accepter, tiens, vous connaissez le Palais de la Bière ?

– Pas du tout !

– Ben, c'est chez moi, c'est le nom de mon bistrot, je le tiens avec Ginette, ma femme. Alors, qu'est-ce que vous en dites ?

– Ben…

– Ma femme vous fait une de ces carbonnades flamandes à la Gueuze que quand vous l'aurez goûtée, vous allez vous faire naturaliser Belge.

– Bien ! Mais à une condition, monsieur… ?

– Marcel Vanhoverenbeek !

– Que je vous appelle Marcel et qu'on se tutoie !

– À la vie, à la mort !

– Vous savez où on peut louer des voitures ?

– Ben, y a un service Avis comme dans toutes les villes du monde mais si vous avez pas peur de vous geler les baboulles, j'ai une vieille FN qui…

– FN ? Front National ?

– Ha, ha ! Non, hein, m'fi ! C'est une vieille moto d'après la guerre. FN, ça veut dire Fabrique Nationale, on y faisait des armes, aussi.

C'est amusant, en Belgique, ils donnent des patronymes aux trains, celui-ci s'appelle le Molière.

Et je change de conversation, du tac au tac :

– Vous connaissez maître Anciaux ?

Il me toise, étonné.

– Vous connaissez maître Anciaux jusqu'à Paris ?

– J'ai lu un journal belge à Paris, et comme je venais à Charleroi et que lui vivait dans cette région, ben, ça m'a frappé !

– Un peu, mon n'veu, que je le connais. Il m'a défendu il y a une dizaine d'années pour une histoire d'«accises», de taxes sur l'alcool, quoi ! Il y avait une affaire de carambouille dans la région et on a retrouvé des bouteilles pas très nettes chez moi. Jamais su comment elles s'étaient retrouvées là !

– Et vous vous en êtes sorti ?

– Té non, d't'à l'heure ! On n'est allé qu'une seule fois au tribunal et maître Anciaux les a ridiculisés. Faut voir le bonhomme : Depardieu avec vingt ans de plus. Ah, au fait, mes sincères condoléances, hein !

– Ah bon ?

– Pour votre président !

– Oh, merci !

– Parce que nous, quand Baudouin, il est mort, on s'est senti un peu orphelin. Comme si on avait perdu quelqu'un de la famille. Vous pensez, depuis que je suis gosse, je voyais son effigie partout, sur les timbres-poste, dans les écoles, les mairies.

Ben voilà, j'ai un hôtel. Et à l'œil, encore.

5

Ça fait un drôle d'effet d'être en Belgique, on parle la même langue, on reconnaît certaines publicités sur les panneaux et tout le reste vous rappelle que vous êtes à l'étranger, les plaques minéralogiques, les panneaux routiers, les trottoirs, les caniveaux, l'architecture, les boulevards, jusqu'aux arbres, même si la Sambre, cette large rivière qui coule en face de la gare semble être la petite sœur de la Seine.

– Y'a les horodateurs, Gabriel. Ils sont les mêmes qu'à Paris parce qu'ils viennent tous de Bruxelles.

Et cette même langue qui vous dérape sur des diphtongues que vous n'imagineriez pas.

L'accent belge, c'est pas celui de Coluche ; c'est celui de Brel, de ses textes, de sa musique, c'est la Belgique de *Toto, le héros*, de *C'est arrivé près de chez vous*, de *L'œuvre au noir* !

– Quand on va arriver, Gabriel, on va se taper une Chimay bleue que tu vas pisser des fils de fer barbelés !

– J'ai jamais pissé des fils barbelés.

– T'es capable d'en entasser beaucoup ?

– Pas autant que je voudrais !

– Fais pas attention à ma femme ; on s'engueule tout le temps mais on s'aime bien quand même.

Je me demande pourquoi j'ai roulé 300 kilomètres pour retrouver Gérard et Maria dans une autre langue.

Je feuillette le bouquin du métro tandis que Marcel, d'après ses dires, m'entraîne vers la ville haute. Je trouve un truc qui me fait penser à mon vieux copain qui s'en est allé de l'autre côté, sans prévenir personne :

« Et l'être et le désir et la chair fatiguée s'en sont allés
Comme l'eau des rivières
Là où le temps se lit à l'envers de la montre
Au temps du temps béni
Au temps de l'accompli :
La perfection du verbe et celle du poème,
Le vent que tu habites, les déserts de lumière animés de ta course,
La voix du temps léger à force de confiance. »

Pauvre vieux, va !

Et qu'est-ce que je viens foutre ici, j'ai pas l'ombre d'une piste, le moindre petit bout d'indice, je sais même pas par où commencer, je suis même pas sûr de savoir ce que je cherche.

– Tu connais le journaliste, Marcel ?

– Quel journaliste ?

– Celui qui a fait l'article dans *le Soir* sur Anciaux ! C'est un correspondant de Charleroi.

– Comment il s'appelle ?

– Claude Vanhesse !

– Non ! Mais tu pourras le demander à Xavier ; c'est un client qui vient boire son verre tous les soirs, il sait tout sur tout le monde, il est journaliste aussi. Il sera là quand on va arriver, d'ailleurs, on arrive, c'est là. Je t'avais dit que c'était pas bien loin.

– Et toi, qu'est-ce que tu es allé faire, là-bas, à Paris ?

– Si je te le dis, tu me croiras pas !

– Dis toujours voir…

– J'ai été porter une rose à Mitterrand, tout simplement !

Non mais j'ai l'air de me répéter comme ça, mais c'est cette impression qui se répète, on entre dans un bistrot comme en France avec cette même atmosphère, les mêmes disques, les mêmes têtes, la même langue, les mêmes bières, la même soûlographie, les mêmes flippers, les mêmes machines et ce petit rien qui fait qu'on dérape et qu'on se sait être en Belgique.

Et toujours ces têtes qui se tournent quand on entre dans un café, ces conversations qui se suspendent le temps que l'intrus ait montré patte blanche dans une Fender qui hurle, sans doute celle de Santana, une lumière opaque que tamise une fumée de cigarette suspendue à une certaine hauteur comme les nuages dans la montagne.

– Hé, Marcel ! T'as ramené un prisonnier de guerre ?

Les mêmes plaisanteries de comptoir.

– T'as viré ta cuti ?

– C'est un type qui fait un livre sur les bières, bande de mécréants, un livre ! Mais est-ce que vous savez seulement ce que c'est qu'un livre ?

– Bien sûr que je sais ce que c'est ! Mon fils a voulu m'en offrir alors que j'en avais déjà un !

– Ton pote journaliste est là, Marcel ?

– Oui, dans le fond, sous le portemanteau ! Tu veux lui parler tout de suite ?

– Si tu veux, oui. Tu me présenteras Ginette après !

– Je t'apporte ta Chimay tout de suite.

Et les railleries qui fusent :

– Tu l'auras, va, Marcel, ton étoile dans son livre !

Le type sous le portemanteau a l'œil du journaliste, du vrai, de celui qui renifle les emmerdes à cent pas.

Mais il n'a que l'œil, le reste ne lui appartient plus, il a dû l'abandonner au creux des cuisses d'une femme, sa cinquantaine l'a bien sonné, le crâne en jachère, les ongles en deuil, la barbe maîtresse du monde, il n'a plus grand-chose à dire sur son corps, la jungle a repris le dessus. Un de ces célibataires qui baissent les bras par impuissance ou machisme.

– Monsieur Xavier ?

– Ce qu'il en reste, oui.

Ça pue la transaction.

– Je peux m'asseoir ?

– On est en démocratie, non ?

Enfin, il me gratifie d'un sourire, sa bouche soutient ses ongles dans la perte d'un être cher et sur la main qu'il me tend, le tabac prend racine, le col de sa chemise a dû être blanc dans une autre vie.

Marcel me sert ma bière, pose la main sur mon épaule, j'ai le sentiment d'être un de ses vieux potes qu'il n'a plus revu depuis longtemps.

Il me fait penser à Achille Dandois.

– Tu sers quelque chose à monsieur pour moi, Marcel ?

Il regarde le journaliste et grinche :

– Comme d'habitude ?

– L'ardoise en moins ! souligne le reporter.

Je m'assieds en face de mon bonhomme ; il est trop tôt pour que je juge à qui j'ai affaire, mais je sais qu'il va me parler argent ; ce que j'ignore, c'est si ce sera par ladrerie ou sous l'emprise de la misère.

– Elle est importante, votre ardoise ? que je lui demande en souriant.

– Pour moi non, me répond-il sans cesser de sourire, mais Marcel semble y tenir beaucoup. Vous êtes français ?

– Ça se voit tant que ça ?

– Vous avez un accent, quelque chose de pas possible !

Mon bistrotier lui apporte une Duvel, fermentée en bouteille au point qu'on y voit des poissons.

– Qu'est-ce que vous voulez au juste, monsieur... ?

– Gabriel Dujacquier !

Je regarde si personne ne fait attention à nous, je me penche sur mon bonhomme et lui souffle :

– Je travaille pour *Libé*, j'enquête sur l'affaire Anciaux et j'aimerais garder mon anonymat, vous comprenez !

– Je crois ! Alors, disons que mon ardoise, ben c'est que le prénom, si vous voyez ce que je veux dire...

– Ça dépendra de ce que vous m'apprendrez !

C'est à son tour de se pencher sur moi et de me souffler un mot, un seul :

– Gladio !

Il scrute mon visage à la recherche de l'émotion traîtresse, il doit savoir lire les strabismes inhabituels car il ajoute :

– Ça vous dit quelque chose ?

Bien sûr que ça me dit quelque chose. Gladio, c'est ce truc qui s'est effondré il y a quelques années, un machin que l'extrême droite avertie avait mis sur pied en Belgique, en Italie et même en France parce que durant la guerre, la seconde, la dure, nos troupes n'avaient aucun contact avec l'intérieur des territoires occupés, ignoraient tout des déplacements et des forces occupantes, ils s'étaient jurés que ça n'arriverait plus. Aussi avaient-ils infiltré des gens à eux un peu partout au cœur du communisme. Un genre de cinquième colonne, histoire d'avoir des indicateurs dans la place si les Frisés ou les Ruskoffs nous faisaient une rechute. Ils étaient munis d'un matériel sophistiqué, high tech, des radios performantes et miniaturisées. Tout le réseau avait été démantelé, des têtes étaient tombées et plus rien ne devait avoir subsisté.

– Je sais ce que vous allez me dire, repartait le journaliste crade, le réseau a été démoli mais il se pourrait bien que le phénix ait ressuscité de ses cendres. Des gens haut placés auraient…

Il fit un geste vague de la main parce que les conversations avaient baissé de registre, on entendait bien que Marcel parlait de moi à sa femme et l'œil attendri qu'il me lançait semblait servir de référence à son épouse.

– Qu'est-ce que maître Anciaux aurait à voir là-dedans ?

Je ne m'étais même pas retourné pour lui poser la question tout en envoyant une œillade au patron du café.

Xavier semblait m'épier en tentant de jauger la

valeur de ses futures déclarations. Il est temps qu'il sache qu'il n'a pas affaire à un con :

– Écoutez, mon vieux, si vous savez des trucs, il est fort probable que d'autres personnes les sachent aussi ; je vous règle votre ardoise, vous m'affranchissez ou alors je cherche des personnes un peu plus raisonnables et je passerai juste quelques heures en plus dans votre fichu pays noir. C'est pas plus compliqué que ça !

– O.K., O.K. ! Vous énervez pas ! Moi, je suis qu'un pigiste, vous savez, et si ma carte de visite affiche free-lance, c'est juste parce que je trouve pas de boulot. Quand j'ai un os, je le ronge jusqu'à la moelle !

Il vide sa Duvel d'un seul coup, sans baisser le nez et s'essuie la bouche d'un revers de manche des plus académiques, il ôte délicatement la mousse qui lui nettoie le coin des lèvres et reprend :

– Vous savez, en Belgique, pendant la guerre, les collabos étaient nombreux, plus particulièrement en Flandres, peut-être à cause du cousinage des langues. Anciaux, en 1940, il avait quatorze ans, sa famille était pro-nazie, il s'est engagé comme travailleur volontaire en Allemagne. Quand il est revenu, fin 1945, on avait pendu son père et rasé sa mère, c'est peut-être le choc qui a changé ça mais il a viré de bord. Il a repris ses études alors qu'il était déjà un homme, et il est devenu avocat.

– Vous voudriez me faire comprendre que son passage à gauche n'était qu'un leurre et qu'il gardait des contacts avec l'extrême droite ?

– Je veux rien vous faire comprendre du tout, je raconte juste. Sa vieille qui est née avec le siècle, elle vit toujours là-bas, à Nalines, sur la route de Philippeville.

– Il est si fortiche que ça, comme avocat, maître Anciaux ?

– C'est le meilleur, il est hors de prix !

– Pourtant, Marcel m'a dit tout à l'heure que maître Anciaux l'avait défendu voici dix ans. Il a pas l'air de rouler sur l'or, le Marcel.

– C'est vrai qu'il a une réputation de bon samaritain. Il se fait payer cher et vilain par ceux qui ont du blé et il s'occupe parfois gratuitement de gens qui n'ont pas le rond. Mais c'est juste pour se fabriquer une façade.

– Sa femme, elle est ministre ?

– Elle était.

– De quel côté ?

– PSC, légèrement à gauche, juste ce qu'il faut !

– Vous connaissiez le dingue ? Celui qu'on a retrouvé chez maître Anciaux ?

– J'ai suivi l'affaire il y a quinze ans du bout des ongles. Un dingue. Il découpait des bonnes femmes en morceaux et en envoyait aux enquêteurs. Parfois même des morceaux de leur viande cuisinés. C'est comme ça qu'on l'a découvert, on l'a arrêté dans un bureau de poste avec un colis funeste en main.

– Il en bouffait ?

– Faut croire que oui !

– Comment elle est l'extrême droite à Charleroi ?

– Elle se porte plutôt bien, comme dans toutes les villes où l'immigration est plus importante que dans d'autres.

– Ils cassent de l'étranger ?

– Non ! Pour ça, ils sont sages ! Ils attendent le ras-le-bol de la populace, des émeutes ou je ne sais pas quoi. Le jugement dernier, ça leur conviendrait. Quand le moment sera venu, ben…

– Et le maton ?

– Je sais pas grand-chose sur lui. Un ancien sergent qui a dû arrêter son boulot à l'armée pour des raison de santé. Casier judiciaire vierge, divorcé, une fille. Si ça vous dit, je peux vous donner son nom et son adresse demain matin.

– Ouais, pourquoi pas. Et Claude Vanhesse ?

– Qu'est-ce que vous voulez savoir ?

– Son adresse ?

– 12 boîte, 6, rue des Terrils, près du boulevard Tirou. Vous devriez y trouver quelqu'un à cette heure.

– Vous m'apportez l'adresse de la fille demain matin, alors ?

– O.K., vous voulez celle de maître Anciaux ?

– Évidemment.

– Vous savez, monsieur Dujacquier, j'ai un scoop qui pourrait bien faire la une des journaux.

– Vous croyez ?

– Sûr, ça ! Et je vous la joue à la régulière ! Je vous livre l'info, vous l'estimez à sa juste valeur, je vous fais confiance !

Je me suis approché de lui parce que j'étais debout, son sourire m'a appris qu'il avait mangé de l'ail.

– Allez-y !

– On a classé l'affaire sans faire trop de vagues. Les flics sont heureux de leurs coupables. Mais le légiste, c'est un pote à moi et il a fait du zèle...

– Allez !

– Un détail, monsieur le journaliste de Paris, juste un détail. Achille Dandois est tout simplement mort plus de trois heures après son assassin.

6

– Encore un peu de carbonnade, monsieur Gabriel ?

– Sûr !

Mon assiette me sert de moniteur, je jubile, j'ai du mal à ne pas jeter les bras au plafond comme un gosse le jour de Noël.

Ainsi, je ne m'étais pas trompé, Achille n'est pas le tueur. J'en étais sûr, j'étais certain que mon vieux copain de sergent était incapable de tremper dans une histoire où il y aurait d'autres morts que ceux que son métier lui eût imposés, et –si les dires du journaliste étaient justes– d'assassin, il devenait victime !

À moins qu'il ait pris son temps pour se noyer.

La femme de Marcel a le même œil qui pétille de gentillesse que Maria. Y'en a partout des femmes comme ça, suffit de les trouver.

– Vous connaissez la rue des Terrils, madame Ginette ?

– C'est près du boulevard Tirou. Il vous suffit de dévaler la rue de la Montagne et dans le fond, c'est le boulevard, vous tournez à gauche et c'est une des petites rues adjacentes, sur la droite.

– Qu'est-ce que vous pensez de Xavier ?

– Je lui donnerais pas les clés du café mais sur le plan du journalisme, il se défend, il sait tout de tout le monde, ici. Si le pape avait le sida, il connaîtrait le «coupable».

Elle pousse un soupir et retrouve son œil maternel :

– Il a pas eu de chance, vous savez, sa femme est partie il y a quelques années et depuis…

Vingt dieux !

Ça valait bien un juron, cette carbonnade !

J'ai vu la chambre, c'est une de ces chambres d'amis faites de bric et de broc, de choses dont on ne veut plus et qui servent à la meubler ; le lit semble grimper jusqu'au plafond où pendouille une espèce de globe terrestre qui sert de lampion les jours de fête, des photographies d'illustres inconnus trempent dans le sépia sur un papier peint et repeint. Il y a une petite salle de bains, de l'eau chaude, une odeur chaleureuse d'hôtes qui savent recevoir sans parler de leur dispute avec la belle-sœur.

J'en ai pris possession, j'y ai rangé mes affaires, coincé le flingue dans mon ceinturon, bien à l'abri sur mon nerf sciatique et je suis sorti, j'ai pas pu arriver au fond du café sans :

– Gabriel !

– Hola ?

– Si tu veux les clés de la moto…

– Je vais pas loin, Marcel !

Quand il me regarde, j'ai l'impression d'être son fils qui vient de devenir président de la République belge !

Un mythe errant, quoi !

La rue de la Montagne, c'est une rue en pente – vous l'auriez deviné tout seul –, un « piétonnier » commercial où on a un éventail complet de la culture moderne : boutique Naf-Naf, un Quick, un C&A, un Bata !

Une rue commerçante, quoi, avec ce qu'il faut pour abrutir les jeunes en leur mettant sur la route les fringues qu'ils peuvent pas choisir tout seuls.

Comme des grands !

Y'a des caméras de surveillance en haut des bâtiments, mon œil de poulpe les repère dès la première bouchée.

Et puis c'est le boulevard qui ressemble à tous les boulevards du monde avec ses voitures en stationnement, l'alarme qui hurle « Au voleur ! » les braves gens qui hurlent « À l'alarme ! » et les petites frappes qui se foutent bien des deux. La lumière est ouatée, les horodateurs semblent aussi dérisoires à cette heure que le feu rouge qui s'évertue à régler une circulation qui attend d'avoir une bonne raison pour s'envoyer des noms d'oiseaux.

Je trouve la rue des Terrils, le numéro 12 est entre le 10 et le 14, je sonne chez Claude Vanhesse, le silence m'informe qu'il est pas chez lui. Il y a de temps en temps un passant qui m'empêche de crocheter sa serrure et on se connaît pas assez pour se haïr, alors…

Il y a un Lunapark en face, j'y claque quelques pièces dans un Tétris qui m'envoie au Kremlin jusqu'au moment où une voiture s'arrête de l'autre côté de la rue, une femme rassemble ses affaires avant d'en sortir, quand elle se retourne, je remonte le col de mon blouson.

– Mademoiselle ? Vous connaissez Claude Vanhesse ?

– Ben oui ! C'est moi !

C'est vrai, ça : Claude, c'est aussi un nom de gonzesse !

– Je pourrais vous parler ?

– Vous êtes français ?

– Pourquoi ? J'ai un accent ?

– Circonflexe ! Vous êtes le gars de *Libé* ?

– Je vois que Xavier fait son argent de poche à tous les râteliers !

– Il faut le prendre comme il est. On travaille souvent ensemble, lui et moi. Entrez !

Elle est pas mal pour un mec ; elle porte un de ces parfums, un truc sucré, fruité, qui vous fait le plaisir d'être un homme, un parfum qui a la même couleur que ses yeux et ses cheveux noirs.

Elle est fringuée comme un cadre supérieur et si son patron est un tantinet normal, elle doit souffrir de harcèlement sexuel.

Je suis en train de me prendre une crise de priapisme.

Dans l'ascenseur, elle lève les yeux sans bouger la tête, je fonds.

– Xavier est un type bien, vous savez !

– Oh, mais j'ai rien dit, moi ! Si vous avez besoin de convaincre quelqu'un, ce n'est pas moi !

– Entrez, faites pas attention au chat, il est méfiant.

Son appart est meublé avec goût, on se croirait chez Cheryl.

– Atchîîîîî !

– Vous avez pris froid ?

– Non, c'est mon ennemi depuis toujours ! que je dis en tendant le doigt vers ses peluches qui jonchent le divan.

– Allergique ?

– Comme un oiseau d'une cage !

– Vous permettez !

Elle ouvre son courrier pendant que son répondeur débite son quota de messages, pas grand-chose de rare :

Sa mère : «J'ai acheté un petit tailleur, je rentre pas dedans. Toi, avec ton imagination, deux ou trois retouches et tu peux aller au gala de l'Unicef avec !»

Sa copine Natacha : «Wilfrid est un salaud, il veut pas me rendre les clés, il dit que Béa, c'était qu'une passade.»

Xavier : «Je te rappellerai plus tard si je t'ai pas touchée au bureau !»

«C'est moi» : «Vous devriez réfléchir, Claude ! Je vous aime et je ne propose pas le mariage à la première nymphette qui passe !»

Il a une grosse voix, «C'est moi» !

– Vous devriez accepter, mademoiselle !

– Quoi donc ? s'enquiert-elle en toisant la facture du téléphone, elle est pas sûre de lire la note ou son numéro de cliente.

– La jeunesse, ça passe plutôt vite et puis, un jour, y'a plus personne pour vous proposer ce genre de trucs.

Elle s'en fout, elle m'entend pas.

– Vous buvez quelque chose ?

Elle me sert un bourbon puis s'excuse quelques minutes, j'entends la douche qui déferle, j'attrape son sac à main – je sais, c'est pas bien –, je découvre son agenda, il y a plusieurs rendez-vous, des adresses qui me semblent familières, j'écris tout en sténo dans le mien, il y a le nom de maître Anciaux quelque part et celui d'une madame Dandois.

La douche se tait, je reprends ma place et mon air jésuite et j'attends en devisant avec mon bourbon :

– Je te boirai pas, saloperie !

Je hurle :

– Je peux donner un coup de téléphone ?

– Allez-y, j'arrive !

– Comment on fait pour toucher Paris ?

– 00 33 1 !

– Merci !

J'entends sonner, là-bas, Cheryl hurle de joie, elle sait que c'est moi, elle envoie valdinguer son dernier Bob Morane, se rue sur le téléphone rose, décroche et :

– Gabriel ?

– Hé là !

– Alors, t'es arrivé ?

– Ouais, pas de problème, je me suis même fait des petits camarades de jeu !

– Ils ont dit, à la météo, qu'il faisait froid, à Lille !

– Quatre-vingts degrés sous zéro mais j'ai loué un chasse-neige !

– T'en as pour longtemps ?

– Un an ou deux, je traînerai pas !

Je lève la tête sur une Claude Vanhesse qui me fait une moue de réprobation, elle doit me croire machiste !

Si elle savait…

J'ai juste le temps de rassurer ma petite Cheryl, de l'assurer que je regarderai des deux côtés avant de traverser et que j'accepterai pas de bonbons de messieurs que je connais pas.

Je me retourne sur Claude qui a revêtu un peignoir sans aucune fenêtre, point d'ostentation dans le dialogue, ses cheveux sont ceints par une serviette savamment nouée, on se croirait dans les mille et une nuits.

– Qu'est-ce que c'est que ces façons, monsieur Dujacquier, on se fait passer pour un biéromane ?

– Oh, mais j'ai pas d'effort à faire, vous savez, la Belgique est le pays de la bière mais il est aussi celui des scandales.

– C'est nous, je pense, qui avons inventé le compromis. Et puis, vous pouvez parler, vous vous défendez en France. Et ça touche pas que les hommes politiques, vous faites jurisprudence dans les domaines tabous : le sang contaminé, la recherche contre le cancer…

Je flaire mon bourbon, il m'offre un haut-le-cœur.

– Qu'est-ce que ça peut vous faire à Paris, reprend-elle en s'asseyant en face de moi avec la grâce d'une femme qui s'assied en face d'un homme, qu'un gardien de prison se fasse occire par le prisonnier qu'il a aidé à s'évader ?

– Si vous connaissez aussi bien Xavier que ça, il a dû vous vendre pour un paquet de frites que Dandois est mort trois heures après son assassin.

– Vous le saviez pas en quittant Paris !

Autant pour moi !

– Dandois, je l'ai connu il y a quinze ans, du temps où j'étais dans un bataillon disciplinaire à ressasser mes petites bavures gauchistes, on s'est tapé des bitures ensemble, mémorable !

– Vous étiez vilain avec votre maman pour qu'on vous ait envoyé si loin ?

– Mes parents sont morts quand j'avais cinq ans !

– Oh ! Excusez-moi !

– Mais vous n'y êtes pour rien, Claude ! Ils sont morts dans un accident de voiture, enfin, plus ou moins et j'ai été élevé parmi les clés de douze et les robinets galvanisés. Non, j'ai foutu le bordel dans une librairie d'extrême droite avec quelques potes et on a mis le feu à des voitures qui fallait pas. C'est pas plus compliqué que ça, leur assurance contenait une clause concernant les vandales.

Ses yeux noirs semblent tout tristes, je sais pas si c'est le pathétique de mon enfance ou la demande en mariage de tout à l'heure qui lui mettent des reflets «palette de peintre», mais elle est jolie, mon mec, dans la lumière des néons dissimulés dans le plafond.

– Il avait une gosse, le père Dandois ?

– Oui, j'ai son adresse quelque part mais…

– Mais… ?

Elle pleure, la petite, juste une larme, l'écrase, renifle, souffle sur une mèche qui s'est échappée de sa serviette et reprend, courageuse :

– Vous devriez vous en aller, monsieur…

– Gabriel ! j'impose. Et si vous êtes sage, peut-être pourrez-vous m'appeler Gaby. Comme au *Juste prix* !

– Vous savez pas dans quoi vous mettez le nez, Gabriel. Vous devriez laisser faire les autochtones, je vous ai dit que la Belgique était le pays du compromis et même les scandales se délitent tout seuls…

– Qu'est-ce que vous voulez dire, Claude ?

– Je veux dire que les journalistes belges sont pas plus cons que les français et…

– Ce serait difficile !

– Et que le poisson que vous ferrez est plus gros que vous n'imaginez ! Allez-vous-en, très vite, tant qu'il en est encore temps !

– Les fachos m'ont jamais fait peur !

– Il ne s'agit pas de ça, hélas !

– Parlez-moi d'Anciaux ! Qu'est-ce que c'est que cette histoire d'engagement idéologique durant la guerre ?

Elle me regarde, tristounette, comme si j'étais transparent, j'ai envie de la rassurer, je me plais à croire qu'elle a envie que je la rassure, son chat dont je connais pas la marque vient se frotter contre ma cheville.

– Xavier vous a parlé de ça ? Vous connaissez Léon Degrelle ?

– Ouais, c'est ce type qui a passé le reste de sa vie en Espagne. Il était le chef du parti nazi belge, c'est ça ?

– Durant la seconde guerre mondiale, oui, le REX ! Depuis une dizaine d'années, maître Anciaux se rend souvent en Espagne, on l'a suivi plusieurs fois mais on a perdu sa trace !

– Vous voulez dire que maître Anciaux gardait des contacts avec ce type, donc, avec l'extrême droite ?

– C'est pas sûr mais il y a des doutes !

– Et qu'est-ce que mon sergent de Dandois serait venu faire là-dedans ? C'est le seul militaire antimilitariste que j'aie rencontré, plus à gauche que ça, on déboulonne !

Elle se lève, je vois ses chevilles. Elle en a deux !

Elle va vers la fenêtre, la serviette bleu pastel lui va comme un sous-vêtement.

– Durant la guerre, la Belgique a été divisée, vous savez ! reprend-elle.

– Oui, Xavier me l'a expliqué !

C'est bizarre comme il est des gens dont on se fiche de savoir s'ils ont un nom de famille.

– Au point qu'un roi s'est senti obligé d'abdiquer. Comme votre général, quelque part. Après un référendum qui lui était favorable à plus de 50 %, il n'a pas accepté que près de la moitié de la population soit mécontente de l'avoir à sa tête.

– Et mon sergent, là-dedans ?

– J'en sais rien, Gabriel, rien du tout. Elle se retourne vers moi, elle pleure : vous connaissez le Balancier ?

– Le Balancier ?

– Oui, en Flandres, on l'appelle le Zwengel, parce qu'on a la fichue habitude de tout traduire dans les deux langues, en Belgique, quand c'est officiel, histoire d'éviter les régionalismes exacerbés. C'est un truc aussi vieux que les fondations de la Belgique, on n'a jamais vraiment su si ça existait, ce que c'était au juste mais quand j'étais à l'université… enfin, la fac, comme vous dites chez vous, il y avait un jeu pour le bizutage, on devait enquêter sur le Balancier.

– Et vous… ?

– Comme tout le monde, bien sûr. Et j'ai rien trouvé ! Elle a ajouté, pour elle-même : bien sûr !

– Bien sûr !

Et tout à coup, elle se réveille, elle redevient jolie dans la peur, parce que la peur, ça éveille les sens et que les siens sont superbes.

– Mais il existe, monsieur Dujacquier, je sais qu'il existe. Un de mes amis étudiants a trouvé une piste, il était sur le bon chemin et…

Elle essuie une larme avec une telle grâce qu'on la ferait pleurer rien que pour la voir vous refaire ce geste.

– On l'a retrouvé agonisant, il délirait, il répétait : «Les cinq sapins verts», sans arrêt. Rien que ces mots.

– Des sapins verts ? ! On dirait un nom de bordel.

– Il est mort cette nuit-là.

Je me lève, je la sens malléable, je vais la prendre dans mes bras mais elle me repousse et m'offre un visage que je ne lui aurais jamais soupçonné, un masque horrifié, elle balbutie :

– Allez-vous-en. Fichez le camp, Gabriel. Vous trouverez rien, rien que votre cercueil. Je vous l'assure !

J'ai jamais pu supporter les pleurs d'une femme, ça me fout le cafard, mais un de ces cafards…

Je la prends contre moi, la serre tendrement, lui caresse le peignoir, la serviette et je me fais paternel :

– Quand allez-vous chez maître Anciaux ?

– Demain !

– Vous pouvez passer me prendre au Palais de la Bière ?

– Oui, bien sûr !

– Il est tard, mademoiselle la Belge. Il est temps que nous nous séparions, on tombe de sommeil. Le décalage horaire !

– Y'a pas de décalage horaire entre Paris et Charleroi, qu'elle s'étonne, ma jolie journaliste.

– Ah non ? Quand je suis monté dans le train, il était seize heures trente et quand j'en suis descendu, il était presque dix-neuf heures…

Ça la fait à peine sourire.

Je lui serre ses doigts graciles, y dépose un baiser en souvenir de la réputation des Français ; je prends l'ascenseur, je sors dans le froid et je me ramasse un piano qui me tombe sur la tête du cinquième étage.

Ça fait mal, un piano sur la tête, surtout quand, comme celui-là, il est complètement désaccordé.

Je sens que je vais rejoindre le « Gaveau » de famille.

Et je tourne de l'œil.

Naze, le Poulpe !

7

– Salut, Lecouvreur !

Qu'est-ce qui se passe, là ? Je m'endors sur un trottoir de Charleroi et je me réveille en Italie via un accent à couper au couteau.

– Il se réveille, Pino ?

Et me voilà en Allemagne via un accent d'outre-Rhin.

J'ai encore quelques touches du piano enfoncées dans les oreilles, les cordes en acier me strient les poignets, ils ont dû m'enfermer dedans parce que je suis recroquevillé comme un fœtus.

Et cette odeur qui me vient de ma mémoire !

Mon père ? Non. Le seul souvenir de mon père, c'est celui de son costume, dont j'ai retrouvé l'odeur bien plus tard dans la garde-robe de Cheryl, accrochée à l'un des miens, même que ça m'a mis une de ces baffes intemporelles !

Non, c'est plus près que ça ! Ce soir ! Une odeur d'abandon, de bras que l'on baisse face au destin, de quelqu'un qui passe la frontière de la déchéance !

Et puis, il y a quelqu'un contre moi, quelqu'un de raide, quelqu'un qui a perdu le seul lien qui l'unissait à moi ; je reconnais cette raideur, il est mort, le quelqu'un.

Le bruit qui me remplit les oreilles d'eau savonneuse, c'est celui d'un diesel bien entretenu, si j'avais pas peur de passer pour un branque, je dirais que c'est celui du moteur d'une Mercedes !

– Tu connais la Belgique, Lecouvreur ?

Comment il connaît mon vrai nom, le Rital ?

– Mon père est arrivé ici en 1947, pour travailler dans les mines parce que les Belges voulaient plus y descendre. J'ai perdu un frère dans la catastrophe du bois du Cazier. Une erreur humaine, d'un ingénieur. Tu te rends compte ? Mon frangin est mort à cause de l'erreur d'un type qui n'était pas à la hauteur, parce qu'il se croyait aux commandes d'un Gameboy.

– Qu'est-ce que vous me voulez ?

Bon sang, ma voix ! Elle semble venir d'une cathédrale, Notre-Dame ou Koekelberg ? Le « Qu'est-ce que » se balade dans ma céphalée comme le composteur d'un quai de gare, et le « Vous me voulez » me branle le trijumeau comme un marteau piqueur qui fait la jonction du canal sous la Manche.

– Mon père, qu'il reprend Don Camillio, il est mort de la silicose, tu connais la silicose, Lecouvreur ? C'est une saloperie, tu finis bouffé par la cortisone que tu sais plus si c'est la maladie ou le médoc qui t'empêche de respirer. N'empêche, tu sais plus respirer, c'est le diaphragme qui le fait. Quand je dis qu'il le fait, il essaie ; parce que l'air passe plus, rien, t'es en apnée, vingt-quatre heures sur vingt-quatre, et ton cœur, il se fatigue, et un jour d'apnée plus lubrique, il lâche, et t'es bien content de crever. Tu te rends compte, gars. Mon père, il souriait quand il est mort parce qu'il a joué un tour à sa maladie en passant l'arme à gauche, il avait plus besoin d'air. Tu comprends ?

– Comment vous connaissez mon nom ?

– Il s'en fout de tes problèmes, dit l'Allemand, tu nous les gonfles avec ton père, ça fait vingt ans qu'il est naze.

– Et ma mère, Otto, et ma mère…

– Oui, elle est morte de chagrin. Ça ferait une jolie histoire mais on s'en fout, tu vois, Pino, le cancer, c'est très grave mais quand c'est le voisin qui l'a, c'est rien qu'un fait divers !

Puis il se tourne vers moi, l'Allemand, je peux pas le voir mais je sens qu'il se tourne vers moi, le siège me rentre dans le dos, sa voix est plus fiable, je sens la chaleur de son haleine piquée de fenouil, prosélyte, le Pino.

– Bien, Lecouvreur, t'as déjà visité les mines ? Tu sais, Germinal, Les Indes Noires.

– Putain, Otto, t'as des lettres, s'émerveille l'Italien.

– Alors, Lecouvreur, ça te dit une visite touristique ? Tu sais qu'on doit payer pour visiter ça, d'habitude ?

– Et puis, ponctue le chauffeur, tu seras pas tout seul, t'auras un petit camarade. Il sait tellement de choses.

– Et il sait pas tenir sa langue, tu vois de qui on parle ?

Xavier ! Le macchabée dont j'ai les jambes autour du nez, c'est Xavier. L'odeur...

– Ouais, le Franchouillard, Xavier. Tu trouves pas qu'il parle trop ? Et surtout à n'importe qui. On sait jamais de quel côté il est.

L'Italien stoppe la voiture en rigolant :

– Maintenant, on le sait, de l'autre !

Les portières claquent, solennelles, avec des intonations de requiem, puis celles de derrière s'ouvrent, je vois rien, j'ai toujours le nez dans le cul de Xavier qui a dû me faire un dernier cadeau en passant de vie à trépas, paraît que ça se fait dans les meilleures familles. La nuit est claire, je l'apprends brusquement quand les autres font glisser le corps de mon voisin sans ménagement. Il n'est pas tout à fait raide et prend du temps pour s'appuyer sur le sol, je le vois, lui aussi, ils ont même pas pris la peine de lui fermer les yeux, il me regarde, va me parler de son ardoise chez Marcel, j'ai peur !

– Allez, zou !

Et c'est mon tour de jouer l'ULM, Xavier me rattrape dans ses bras qui se referment sur notre destin, ma tête glisse de côté, j'aperçois le ciel et cette carte postale, un énorme échafaudage d'acier qui me fait penser à la Tour Eiffel, une espèce de derrick sombre, un châssis à molette fantomatique, un squelette d'acier noir sur fond de ciel étrangement blanc.

– T'as déjà sauté à l'élastique, Lecouvreur ?

Ils tirent Xavier, ma tête heurte le sol, je suis même plus sûr d'être attaché, j'ai l'impression d'être incapable du moindre mouvement.

Ils reviennent :

– Ben, on va te donner ta première leçon mais comme t'es un pro, on a pensé corser l'affaire.

– Ouais, reprend l'accent italien, comme un pro, sans élastique. Tu te rends compte, plus de mille mètres sans élastique, tu vas te retrouver dans le *Guiness Book* !

– Ouais, gars, on n'aura qu'à te glisser entre les pages !

Il m'entraîne, je suis pas sûr mais je crois que la douleur vient de ma tignasse, comme une gonzesse dans les caricatures des Néanderthal-men.

– Tu sais qu'on te laisse une chance, Lecouvreur.

– Si tu sais viser, y'a déjà Xavier dans le fond, il te servira de matelas !

Ça, c'est des escaliers, je les sens me compter les côtes, mon sciatique doit ressembler à un flingue, comme un fossile, là…

– T'étais venu pour faire un bouquin sur la bière, hein ?

– Ben, on va écrire la dernière page ensemble. Ta dernière bière !

Ils me jettent même pas, me font rouler du pied, je vois le trou béant qui se rapproche à chacune de mes cabrioles, il est là, j'ai même pas mal !

Oh, je vole !

Si j'étais pas attaché, (j'en suis même pas sûr) j'agiterais les bras, je me donnerais une chance au moins.

Saint-Icare, priez pour moi !

Je vois des madriers passer à une vitesse de plus en plus vertigineuse autour de moi, la pénombre se renforce, j'ai envie de fermer les yeux et j'en suis incapable, je mourrai sans même hurler !

C'est pas long mille mètres, un choc, je vomis sous l'impact, tripes et boyaux, le flingue, même mes chaussettes.

J'ai pas volé mille mètres, je le saurais quand même !

Merde ! Ça fait mal la mort, je sais pas si les autres morts ont aussi mal que moi mais moi, je suis un mort qui souffre, de partout, les cheveux surtout, les doigts aussi.

Tiens, les doigts, ils bougent.

Et les deux comiques là-haut qui essaient de voir si je me suis fait mal. Si j'avais volé mille mètres, je les verrais plus. Ils s'en vont.

Tant mieux, ils nous laissent entre ectoplasmes.

Nom de Dieu, Xavier, qu'est-ce que tu pues ! tu te décomposes à vive allure, c'est vrai que t'étais déjà à moitié mort, tu prends des raccourcis, t'es en terrain connu.

Conduis-moi, Xavier, je connais personne ici.

Si au moins je rencontrais Achille, il m'éclairerait peut-être et j'aurais pas ce sentiment d'être mort.

Mais qu'est-ce qu'il peut chlinguer, le Xavier, c'est pas croyable !

Je sais pas depuis combien de temps je suis mort, j'ai pas encore l'habitude du temps avec l'éternité, quand je sens des morsures qui m'attaquent, elles sont nombreuses les morsures, je suis tombé sur un troupeau de morsures qui se jette sur mes membres, j'en vois une devant mon nez, elle a une longue queue, un peu comme celle des rats et je gueule, je gueule dans la mort, ça fout un de ces désordres !

– Haaaaaaaaa !

Les morsures détalent, la vie est là, je suis pas mort, les morsures mutent en rats et couinent et s'éparpillent dans tous les sens, l'odeur de Xavier trouve un propriétaire dans une myriade de sacs poubelle qui me cernent, les mille mètres n'en mesurent que quinze, je comprends toute l'histoire, ma main gauche est autonome.

Bravo, la main gauche, je t'aime la main gauche. Vas-y, on est avec toi.

La main gauche.

Merde, maintenant que je suis plus mort, j'ai mal partout, c'est encore plus douloureux de ressusciter que de mourir.

Il a dû trinquer, le Jésus avec ses stigmates à vif !

La main gauche ! La main gauche !

Elle me caresse le front, sent rien qui coagule, juste une douleur qui se balade en moi pour élire domicile, un peu dans la jambe, un peu dans le bras.

J'ai mal au flingue !

– Haaaaaaaaaa !

Les rats se barrent à nouveau, mon bras gauche est grand, il sait marcher tout seul, il donne un coup de main à son pote le bras droit, quand ils seront deux, ils feront une belle paire.

– Haaaaaaaaaaa !

Sais pas combien de temps je tiendrai le coup à gueuler comme ça. Pourvu que mes bras pensent à mes jambes, ça serait bien, ils feraient un corps et m'inviteraient de temps en temps.

– Haaaaaaaa !

Y'a de l'écho, cette fois :

– Gaby !

Il connaît pas son texte, l'écho !

– Où t'es, mon Gaby ?

Il a un corps, l'écho, un gros corps de Belge, vous savez, un de ceux qu'on imagine très bien derrière le comptoir du Palais de la Bière.

– Marcel !

– Et il parle, en plus. Super, demain, je t'apprendrai à dire «camion» !

– ...Pêche-toi... Rats...

Marcel, cette espèce de gros Belge et les doigts de ma main droite qui s'agitent comme des jésuites en perm. Vont lui en serrer cinq, au Marcel.

– Attends, garçon, j'ai plus vingt ans, moi !

Y'a un gros scarabée belge qui descend, accroché aux madriers. Je distingue sa moustache et une tête énorme, une bouche qui sent la levure de bière.

– Je croyais qu'ils t'avaient envoyé rejoindre ton président !

– Barrer... Vite !

– C’est rempli de sacs poubelle, ils ont dû obstruer le trou. Je sais pas où, mais j’ai l’impression qu’il vaut mieux pas prendre une carte de membre, ça risque de s’effondrer à chaque instant.

– Parle pas trop… Les ondes !

Marcel me montre une corde qui pendouille :

– J’avais une corde dans mon coffre mais elle est trop courte, tu sauras grimper jusque-là ?

– Vous avez jamais su faire la différence entre «pouvoir» et «savoir», vous, les Belges !

Tiens, je parle comme un grand garçon !

– T’as déjà vu des grenouilles, mon Gaby ? Tu vas me grimper sur le dos et quand on sera là-haut, je t’attacherai. Fais pas de gestes brusques sinon tout s’effondrera.

– C’est quoi, un geste brusque ?

Marcel me masse comme une Thaïlandaise…

Comme un père. Petit à petit, mes membres ont assez d’autonomie pour l’agripper, me souder autour de son gros cou, ils le lâchent, je retombe, il me tend une flasque :

– Whisky ?

J’en bois la moitié, je suis parcouru par un drôle de truc, ce doit être la vie ou bien le dégoût. Marcel me montre Xavier :

– Il s’est encore arrangé pour partir sans payer son ardoise, celui-là !

Puis, il me fait un cours de médecine :

– Si t’avais eu l’usage de tes membres, tu te serais cassé de partout, t’as eu du bol d’être aussi mou, sans réflexe, Gabriel Lecouvreur !

– Comment tu te retrouves ici ? Et comment tu connais mon vrai nom ?

– Quand t'auras fini de prendre tout le monde pour des cons, t'auras peut-être la possibilité de mener ton enquête à bien. Les Belges, ils ont pas besoin d'un coup de main pour avoir l'air de cons, ils s'en sortent très bien tout seuls. Un bouquin sur la bière, mon cul, oui ! Pourquoi pas que t'es envoyé par Dorothée, tant que tu y es ! La première chose que tu fais en arrivant dans mon bistrot, c'est de questionner cette clenche de Xavier sur l'affaire Anciaux. Je suis un ancien légionnaire, moi, monsieur ! Ma dernière mission, c'était Kolwezi. J'ai raccroché les gants parce que Ginette faisait dans son froc chaque fois que je partais. Quant à ton nom, c'est les deux gladiateurs qui t'ont appelé ainsi, tout à l'heure !

– Mais comment tu te retrouves ici ?

– Quand t'es parti du bistrot, t't'à l'heure, j'ai demandé à Ginette si t'avais pas dit où t'allais, j'ai grimpé dans ma caisse, je t'ai vu claquer ton fric dans le Luna-park, la gonzesse sortir de la bagnole et toi grimper derrière ses plastiques qui sont pas mal foutues. Je t'ai vu ressortir...

– C'était pas un piano ?

– Les deux types t'ont zappé et foutu dans la Mercedes, j'ai eu qu'à les suivre ici, j'ai pas trouvé le moment où intervenir, tu comprends, Ginette veut plus entendre parler d'armes, alors...

– On grimpe ?

– On grimpe !

J'ai rejoué à la grenouille, mes doigts m'ont pas trahi, cette fois, Marcel m'a transformé en lierre, je me suis tenu aux madriers jusqu'à cet :

– Ascenseur !

Et il m'a tiré jusqu'au monde des vivants, j'ai repris mon souffle dans le froid, mon gros Belge aussi et on a titubé jusqu'à sa voiture qu'il a mise en route. Quelques instants plus tard, le chauffage me harcelait et on est là, lui à finir la flasque de whisky.

– On est où, ici ?

– Couillet ! Un charbonnage désaffecté !

– T'es un père pour moi, Marcel. Je sais pas si je pourrai te rendre la pareille mais je te dois beaucoup !

– Garde ton appareil et raconte-moi ton histoire, et cesse de me rappeler mon âge à tout bout de champ, je pourrais être ton grand frère !

– Je suis ici parce qu'on a tué un vieux pote à moi. Mes parents sont morts quand j'étais petit, j'ai fait des études pour faire plaisir aux tontons qui m'élevaient et quand ils sont morts à leur tour, j'ai pété les plombs, je suis devenu le Poulpe !

– T'es comme Zorro ?

– Si tu veux. J'ai vendu la quincaillerie et je me suis fait un petit pécule, histoire que les fins de mois commencent pas le 5. Quand je vois un truc qu'est pas clair, je pointe mes tentacules et j'essaie d'en savoir le fin mot.

– Philanthrope ?

– Tu sais combien de zéros il avait à son compte en banque, le Zorro ? Je me fais du fric quand je peux, je rafistole un vieux zinc.

– De la guerre ?

– Ouais !

– Un Morane ?

– Un Polikarpov I-16.

– Le Mosca ? Celui de la guerre d'Espagne ?

– Ouais ! Bientôt, il volera et je passerai mon brevet !

– T'es ici à cause d'Anciaux ?

– Dandois ! Le gardien de prison. Je l'ai connu en Allemagne, j'étais dans un bataillon disciplinaire.

– Je comprends, c'est sacré un compagnon de campagne !

– J'étais pas sous ses ordres !

– Qu'est-ce qu'il a fait pour mériter qu'un type qu'il a connu quinze ans plus tôt vienne rechercher celui qui lui a fait boire la tasse ?

– Il m'a appris à aimer la bière, Marcel, rien de plus !

– S'il t'a appris à aimer la bière, ça change tout, garçon. T'es plus tout seul, j'en suis. Et comment qu'ils ont su que t'étais chez la gonzesse, les deux brutes ?

– Xavier, sans doute... Il se faisait du fric à toutes les banques. Il aura pensé se faire un peu d'argent de poche des deux côtés. C'est pas plus compliqué que ça ! Ce que je comprends pas, c'est comment ils connaissent mon vrai nom ! Chapeau ! Ils sont fortiches !

– Hé, Gaby ?

– Qu'est-ce qu'il y a, vieux frère ?

– Tu penses que c'est vrai ce qu'on dit sur les Belges ?

– Et qu'est-ce qu'on dit sur les Belges ?

– Ben, qu'on est cons et lourds !

– Pas plus cons que les Suisses, mon Marcel, mais certainement pas moins lourds. Ça, je crois qu'il faudra te faire une raison !

– Mais qu'est-ce qu'il te faut, toi, pour que tu fasses un compliment ?

Et maintenant, j'ai une pensée pour ma petite Cheryl, tandis que mon pote juste un peu con et très lourd met la voiture en route.

Si j'étais mort sur un tas de poubelles, elle si maniaque, sûr que je me serais fait engueuler !

8

Mal partout !

C'est le bonjour que ce samedi me lance quand j'ouvre les yeux sur le sourire de tête de couille de Marcel.

– Bien dormi, garçon ?

– Comme un fakir sur sa planche à clous. Quelle heure il est ?

– Onze heures et demie. Je suppose que tu prends pas de la bière au déjeuner, quand même !

– Elle est pas venue ?

– Qui ça ?

– La journaliste, Claude Vanhesse. Elle a dit qu'elle passerait me prendre pour aller chez Anciaux.

– Si les journalistes partageaient leurs scoops, ça se saurait, petit gars. Tu descends pour dîner ?

– Dîner ! À cette heure ?

– On dîne à midi, en Belgique, le soir, c'est le souper.

– Je prends une douche, je me remets dans l'ordre et j'arrive !

Je me retrouve seul avec ce café fumant devant

moi et je fais le point en caressant ma main gauche.

À la vie, à la mort, la main gauche et moi, je regrette d'être droitier, tiens !

Bon, qu'est-ce que j'ai ?

Concrètement rien, sinon qu'Achille a pas été tué par Lisin ; impossible sur le plan emploi du temps. Bien, à part ça ?

Un avocat qui se paie une jeunesse baignée dans le national-socialisme, qui perd cinq ans de sa vie à découvrir qu'il se plante, quand la fin de la guerre le replonge dans la réalité de la vie, il retourne sa veste, ça se fait dans le meilleur des mondes.

Surtout qu'à quatorze ans on a une route à se tracer dans ses opinions.

Aïe ! Ça fait mal de respirer !

Il commence ses études à près de vingt ans, il doit devenir avocat vers la trentaine sinon plus tard, vers la fin des années 50, il se taille une réputation de philanthrope, refuse le bâtonnat mais s'offre des voyages en Espagne où un certain chef de parti nazi finit sa misérable existence.

Question : Pourquoi ?

Pour que Degrelle ferme sa gueule sur les exactions de son père, voire de toute sa famille ? Pour lui lécher les pompes au point d'en choper des aphtes ?

Sais pas !

Un truc démantelé qui polluait toute l'Europe politique et qui, d'après les dires de quelqu'un – qui dira plus rien, d'ailleurs –, serait pas si démantelé que ça !

« Gladio », ça veut dire « glaive » en italien, je

crois ! Et «Zwengel», ça veut dire «Balancier» en flamand.

Et ce Balancier, d'après une certaine journaliste qui ferait bien de faire carrière comme top model, il existerait depuis que la Belgique met des Pampers, même qu'un de ses potes en est mort.

Relativisons, c'est pas le premier mort qui tombe au cours d'un bizutage.

Et puis, y'a plein de gens qui ont vu Elvis Presley vivant, tenez, moi-même, l'autre jour, dans le métro... Mais quand il a vu que je l'avais reconnu, il s'est barré !

Et un piano qui me met dans un état de puzzle.

Et un clodo qui drague une bande de rats dans un puits de mine.

Et une journaliste qui me promet de passer me prendre et qui tient pas ses promesses, c'est vilain, ça !

Mon flingue commence à cicatriser, il est en bonne voie ; j'y saigne presque plus.

– Ta FN, elle tourne ?

– Je t'ai déjà dit qu'il fallait pas enterrer les vieux trop tôt.

Je m'assieds devant mon assiette, je pourrai jamais avaler quoi que ce soit !

– C'est loin, Ransart ?

– Un quart d'heure !

– T'as une carte de la région ?

Il la déploie sur le reste de la table, trouve la rue et m'explique par où je dois aller.

J'ai mal au maxillaire, pourrai plus jamais me servir du zygomatique, même pour faire la gueule, les chicons diminuent dans l'assiette.

– Ça m'emmerde quand même qu'elle soit pas venue, Claude !

J'ai tout avalé, je suis un grand garçon, mon estomac a dû retrouver son chemin tout seul et je roule dans le froid, ça active la circulation du sang, mal partout.

Et :

– Mademoiselle Dandois ?

– Oui !

– Je voudrais vous parler au sujet de votre père !

J'ai juste le temps de voir que la fille d'Achille n'a rien hérité de son père, elle est jolie comme un chant grégorien.

Je parle à la porte qui s'est refermée :

– Mademoiselle Dandois, je suis pas journaliste, je suis juste un vieux copain d'Achille, ça m'emmerde qu'il soit mort comme ça.

– Allez-vous-en !

– Je vous demande juste cinq minutes, l'amitié que je partageais avec votre père vaut bien cinq minutes de votre temps, je crois.

– Je sais rien, laissez-nous tranquilles !

– Donnez-moi juste cinq minutes et je vous promets que vous n'entendrez plus jamais parler de moi.

Un ange qui passe et :

– Promis ?

– Juré !

– Cinq minutes, hein, pas plus !

J'avais pas eu le temps de voir le gniard dans ses jupons, il a les mêmes yeux que sa mère, aussi grands, aussi bleus que ceux de son grand-père.

La maison me fait penser à la chanson de Bachelet sur les corons, les pièces sont minuscules et on doit paraître démesurés aux yeux du gosse, il doit pas y avoir plus de deux pièces et je jurerais pas qu'il y ait une salle de bains.

Il y règne une de ces propretés têtues qui font la dignité des gens pauvres, de ceux qui ne baissent pas les bras.

– Qu'est-ce que vous voulez savoir ? me demande mon hôtesse sans m'inviter à m'asseoir, c'était qu'un vieux soldat qui s'est payé une hernie discale et qui a dû se recycler pour ne pas être obsolète.

– Vous le voyiez souvent ?

– Chaque fois qu'il en avait le temps, son petit-fils, c'était ses deux yeux !

Quand je vous le disais !

Le gosse fait des vaisseaux spatiaux avec des pinces à linge, sur le sol, une pub de jeux électroniques lui fait briller les yeux.

– Votre père ne vous a jamais cité ces mots : Balancier, Zwengel, Gladio, sapins verts ?

– Jamais !

– Maître Anciaux ?

– Non !

– Et Joris Lisin ?

– Le dingue ! Enfin, je veux dire le prisonnier ? Si, ça lui arrivait, comme mon ami qui est maçon peut me parler de ses chantiers !

– C'est-à-dire ?

– Qu'il lui racontait n'importe quoi et que mon père semblait perturbé, parfois !

– Qu'est-ce qu'il lui racontait ?

– Ben, parfois, on mettait mon père en congé, comme ça, sans le prévenir. Parfois, en pleine nuit, on lui disait de rentrer. Il faut vous dire que mon père était affecté aux QHS depuis quinze ans, qu'on ne le remplaçait que le week-end et durant ses vacances. Là aussi, c'était toujours le même remplaçant !

– Vous connaissez son nom et son adresse ?

– Robert Dumont, il vit à la rue des Gayettes, je n'en connais pas le numéro mais sa maison porte la date de sa construction en gros chiffres de fer forgé, vous ne pouvez pas la rater !

– Et quelles sont ces choses que Lisin lui racontait ?

– J'espère que vous dites vrai et que vous n'êtes pas journaliste, parce que mon père avait fait une assurance-vie au nom de mon fils et si on apprenait qu'il s'est suicidé ou quelque chose dans ce genre, on la perdrait. Ce n'est pas que nous soyons pingres mais s'il a fait cette assurance, c'était pour que nous en profitions, c'est tout !

– Rassurez-vous, c'est pour mon compte personnel, j'estimais votre père ; je cherche son meurtrier, tout simplement.

– Vous avez un accent, vous êtes français, sans doute. C'est fou ce que les Français peuvent avoir comme accent. Vous voulez une jatte de café ?

– C'est pas de refus !

Et pendant qu'elle me sert mon café, elle devient volubile :

– À chaque fois qu'on octroyait des congés à mon père, Lisin prétendait qu'on était venu le chercher pour commettre des meurtres, il donnait des détails troublants à mon père, des descriptions sur l'habillement des victimes qu'on ne donnait pas dans les journaux. Il disait qu'on lui donnait une arme, qu'on le lâchait dans la nature et qu'ensuite on lui donnait des femmes avant qu'il ne rentre dans sa cellule. Il y retournait parce qu'il savait qu'on allait revenir le chercher et qu'il pouvait tuer en toute impunité. Des folies, je vous dis !

– Vous voulez dire qu'on venait le chercher dans sa cellule pour commettre des meurtres ?

– Oh, pas n'importe quels meurtres, des crimes qui n'ont jamais été élucidés et pour cause ! Si le coupable est en prison, on peut toujours le rechercher ! Mais vous savez, monsieur, ce n'était pas des simples meurtres, c'était à chaque fois des gens importants, des ministres, des gens riches et haut placés !

Le cheval de Troie !

Quelqu'un avait trouvé le plus bel endroit pour cacher un tueur : la prison !

Mais…

Tout le monde n'a pas accès à la prison, il n'y a que les juges, certains magistrats. Et même si cela était, il fallait qu'il le fasse avec une complicité à l'intérieur même de la prison pour lui permettre de disposer de Lisin.

– Il était riche, votre père ?

– Associez le fait qu'il soit porté sur la bouteille et un salaire plus que modeste, vous obtiendrez tout ce qu'il consacrait à son petit-fils, Kevin !

Un prénom pareil pour un gosse comme ça, quel gâchis !

– Je commence à voir un peu plus clair dans cette histoire, enfin, quand je dis plus clair, je devrais dire moins sombre…

J'ai sorti un billet de cinq cents balles que j'ai tendu au gosse :

– Tiens, petit, pour ton Gameboy !

J'ai regrimpé sur la FN et quand j'ai poussé la porte de la rue des Gayettes où personne ne répondait, j'ai découvert mon Robert Dumont qui pendait au bout du fil d'un fer à repasser, les pieds à quelques millimètres du sol.

S'il avait chaussé une pointure de plus…

Sans doute avait-il voulu repasser les plis du plafond et…

Les témoins gênants ne vivent pas vieux en Belgique !

9

– Maître Anciaux pourrait-il me recevoir ?

La maison de l'avocat doit valoir trois ou quatre Mosca flambant neufs à elle toute seule et dans le parc immense, il y a un étang où on peut pêcher le gros.

La dame du magistrat, pas excitante pour un sou, a pas dû faire fantasmer beaucoup quand elle était ministre…

Ah, mon avocat !

– Monsieur ?

– Lecouvreur, Gabriel Lecouvreur. Autant vous donner ma véritable identité puisque vous êtes si compétents, en Belgique.

– Qu'est-ce qui vous amène en Belgique, monsieur Lecouvreur ? Vous êtes français, je pense… ?

– Je sais, j'ai un accent épouvantable. J'enquête

sur la mort d'un vieil ami qui avait un ennemi commun avec vous, je crois…

– Dandois ! Je pense que nous serons mieux dans mon bureau !

C'est vrai qu'il ressemble à Jean Gabin, cette force tranquille sur laquelle il s'appuie. D'après mes calculs, il a près de soixante-dix ans et il affiche une de ces pêches…

Son bureau est comme je les aime, un bordel indescriptible dans lequel il doit vous retrouver en un clin d'œil le bout de papier sur lequel il a noté le numéro du gars qui l'a appelé le 12 avril 1960.

– Je vous écoute !

Il me montre une bouteille de bourbon, je lui dis qu'un verre vide suffira. Il s'en verse un et pendant qu'il l'avale, j'attaque sèchement :

– Vous saviez que Dandois est mort trois heures après son assassin ?

Il tousse.

Il savait pas !

– D'où tenez-vous ça ?

– D'un journaliste qui s'est recyclé en mineur de fond et d'après ce qui lui est arrivé, je peux en déduire qu'il mentait pas !

– Qu'est-ce que vous cherchez, au juste ?

– L'assassin d'un vieux pote, c'est tout. Vous connaissez le Balancier ?

Il sourit, il est beau quand il sourit, mon avocat ; je suis sûr que ce sourire a sauvé autant de têtes qu'il n'en a perdues !

– Vous n'allez pas me dire que vous croyez au père Noël, monsieur Lecouvreur ! Le Balancier, ou si vous préférez, le Zwengel, c'est un canular d'étudiants et rien d'autre. On leur fait faire une enquête pour les bizuter, on leur fait croire que ça existe et ce n'est que bien plus tard qu'on se rend compte qu'on s'est fait leurrer. Même nous, les sapins verts, on y croyait dur comme fer !

– Qu'est-ce que vous avez dit, là ?

– Je disais que même moi, quand j'étais étudiant en droit, j'y croyais avec toute la ferveur de mes trente ans ; ce n'est que bien après qu'on se rend compte que c'est un mythe que les étudiants ont inventé pour se faire peur. Ça date de si longtemps que les origines se sont perdues. C'est peut-être pour cette raison qu'on y croit si fort !

– Qu'est-ce que c'est qu'un sapin vert ?

– C'est ainsi que les étudiants surnomment les futurs avocats, parce qu'ils se croient obligés de s'affubler de pardessus verts qui les font ressembler aux conifères !

Les cinq sapins verts : mon étudiant bizuté voulait peut-être désigner cinq aspirants magistrats.

– Vous connaissez deux armoires à glace qui se prénomment Otto et Pino ?

– Pourquoi me demandez-vous ça ?

– Parce qu'ils m'ont fait sauter sans parachute dans le puits d'une mine !

– Je connais effectivement deux personnes qui se prénomment ainsi et qui vont de pair mais... ils sont blancs comme neige !

– Votre neige, en Belgique, elle doit être polluée parce que j'aime autant vous dire que vos deux anges, ils ont buté un type qu'était déjà mort depuis plus de dix ans !

– Je ne comprends rien à votre charabia, monsieur !

– Moi-même, parfois, quand je pense, j'ai besoin d'un dico ! Au fait, avez-vous reçu la visite d'une journaliste, ce matin ? Claude Vanhesse ?

– Elle est venue, mais je ne vois pas en quoi cela pourrait vous concerner.

– Elle devait passer me prendre, ce matin, j'avais peur qui lui soit arrivé des bricoles. Qui sont Otto et Pino ?

– Tout simplement les gardes du corps de maître Rodelet, bâtonnier de son état. Je l'ai proposé à ma place voici dix ans quand j'ai été contacté pour cette fonction.

Il a l'habitude d'être ballotté de gauche à droite, maître Anciaux et surtout, si j'en crois son passé, de droite à gauche !

Je continue la disturb :

– Qu'est-ce que vous allez glaner en Espagne, maître ?

Là, je marque un point : il crâne plus !

– Raisons personnelles, qu'il souffle en embuant son verre.

– Vous allez brosser un ancien Rexiste dans le sens du poil pour qu'il écrase sur des trucs que votre famille a commis ou pour chanter des chants nazis à la gloire du Moustachu ?

– Il ne vivait pas à Fuengirolla, que je sache, et le fait qu'il soit mort ne m'a pas empêché d'y aller tous les trois mois !

Je me demande à combien de questions il va encore répondre avant de me faire sortir par deux infirmiers en blouse blanche.

– Vous avez l'air d'un honnête homme, maître, j'ai l'habitude des crapules et vous êtes loin d'en être une, mais je suis certain, vous m'entendez, que la mort de mon ami Dandois est liée à la visite de Lisin cette nuit-là. Je sais que si on a libéré ce tueur, c'était pour vous faire votre affaire et si on a tué Dandois, c'était parce qu'il savait des choses sans le savoir. Vous devriez téléphoner aux flics, maître ; parce qu'à la rue des Gayettes, il y a un certain Robert Dumont qui sèche au bout de son fer à repasser, et quand on sèche, c'est qu'on a trempé dans quelque chose.

– Vous voulez dire que…

– Que les deux gars affectés à la garde de ce fou furieux de Lisin se sont fait rétamer, oui ! Que vous êtes toujours en danger ; sans quoi, je comprends pas pourquoi Lisin voulait vous tuer !

– Il voulait se venger !

– Se venger, mon cul, oui ! Il avait un contrat, c'est tout ! Chaque fois qu'il zigouillait quelqu'un, ses gardiens se retrouvaient en congé inopiné, et j'aime autant vous dire que mon Achille, malgré ses cinquante-cinq ans, c'était pas un malade qui sortait de quinze ans de prison qui aurait pu lui faire avaler de l'eau : il buvait que de la bière, mon sergent à moi. Je vois beaucoup mieux mes deux singes italo-allemands dans le rôle des types qui lui tiennent chacun un pied tandis qu'il se débattait avec sa discale qui se réveillait dans ses efforts !

– Je ne vois vraiment pas qui voudrait ma mort, monsieur Lecouvreur, sinon ceux que j'ai envoyés derrière les barreaux. Je passe pour être intègre et, bien souvent, quand on a une réputation, il y a un fondement derrière, vous ne pensez pas ?

– Qu'est-ce que vous savez de l'extrême droite à Charleroi ?

– Mais, grands dieux, pas plus que n'importe qui, qu'ils sont une menace pour la démocratie et qu'il ne faut pas se laisser endoctriner par leurs sophismes. Je le sais parce que j'ai déjà donné, monsieur, j'avais quatorze ans quand je me suis inscrit comme travailleur volontaire pour servir la gloire du IIIème Reich, j'ai perdu mes illusions dans un fournil minable près de Celles d'où je suis revenu décillé. Je ne peux pas payer éternellement une erreur de jeunesse. J'ai repris mes études à dix-neuf ans, le secondaire, j'ai traîné mon pardessus vert jusqu'à trente ans sonnés. Quand je suis revenu d'Allemagne, on avait pendu mon père, rasé ma mère, je pense avoir payé le prix fort pour mon amendement. Je ne renie pas mon erreur, monsieur Lecouvreur, je m'efforce de la racheter avec toute mon énergie. Je défends les gens, qu'ils soient riches ou pauvres, de gauche ou de droite. La politique, pour moi, s'est arrêtée dans une boulangerie d'Allemagne, je vous prie de me croire !

Ouais ! Je l'ai planté là, mon sapin vert, j'en avais encore quatre à trouver !

10

– Marcel, je peux donner un coup de téléphone ?

– Du moment que c'est pas sur ma tête !

Il me regarde avec son gros visage de Belge fendu par ce sourire qui m'a redonné le goût de vivre dans un puits de mine morbide.

– Pas à Paris, j'espère !

– Non, non ! Pour qui tu me prends ?

Et je rajoute, cynique :

– À Malaga !

Y'a pas beaucoup de monde dans son café.

– Allô ! Pedro ?

– Muy bien !

– Tu veux faire une entorse à tes vacances ?

– Il faut aller où pour être peinard, en vacances ?

– À Mururoa, cueillir des champignons ! C'est loin de Malaga, Fuengirolla ?

– Attends, je demande !

Quelques secondes, le temps de draguer une Charles-Quint :

– Pas très, non, une demi-heure, en voiture !

– Tu fonces là-bas, tu enquêtes sur un certain Jean-Marie Anciaux, il vient là-bas quatre ou cinq fois l'an. Je sais pas ce qu'il y fout. Je te faxe sa photo dès que je peux. Ça m'étonnerait pas qu'il fornique avec l'extrême droite ! Attends !

Je me tourne vers Marcel qui me regarde comme un Japonais mate *la Joconde*.

– Y'a moyen d'envoyer et de recevoir un fax, en Belgique ?

– Mais quand vas-tu cesser de nous prendre

pour le tiers-monde ? J'en ai un dans la cuisine et un CDI, aussi.

Je donne les coordonnées du Palais de la Bière à Pedro et :

– Tu me fais le topo de tous ses déplacements, même s'il a pissé sur un cactus !

Je raccroche, passe la photo du journal dans le fax et :

– Marcel, tu connais maître Rodelet ?

– Un peu, mon n'veu, c'est le bâtonnier et... Attends, je crois que j'ai sa tête sur une cassette. T'as encore le film de mardi à la RTBF, Ginette ?

– Oui !

– Dans ce cas, tu as droit au son et à l'image, il est intervenu dans le journal pour parler de son pote Anciaux !

Pas grand-chose à apprendre, sinon que j'ai déjà entendu sa voix quelque part mais ces accents qui chantent, c'est comme les écrivains, ils se ressemblent tous. Un peu plus jeune qu'Anciaux, moins de talent aussi !

– Tu connais le fief de l'extrême droite, Marcel ?

– À Charleroi ? Y'a un café skinhead quelques rues plus loin, mais ils risquent de te faire la même coiffure qu'eux !

J'y suis allé à moto, histoire de prendre l'air. J'ai pas cherché longtemps dans Charleroi désert ; une véritable panoplie de couture était appuyée sur le rebord de la fenêtre, tous à me toiser comme si j'avais tué leurs parents...

...Pire encore, comme si je les avais pas tués.

À l'intérieur, les gosses avaient l'air plus paumés que les gargouilles de la fenêtre, tous à se chercher une identité dans des idées toutes faites et linéaires.

Une place dans le néant.

– Qu'est-ce que vous buvez ?

– Une Leffe ! Dis, gars, je dois m'adresser où pour militer ?

– Pour limiter quoi ? Z'êtes français ?

– Pour casser de l'étranger !

– Comprends pas !

Il me plante mon verre dans le comptoir crade et s'en va.

Il y a un escalier dans le fond du café, deux types en descendent, je les reconnais tout de suite : Otto et Pino.

Ils s'asseyent à une table, je me cache le visage, ils finiront bien par sortir, je les suivrai.

Et j'attends.

J'attends. Je bois, je paye et je sors.

Et puis, j'attends.

La nuit tombe, les deux gugusses sortent, ils peuvent pas me reconnaître sous mon casque intégral. Ils grimpent dans la Mercedes, moi sur la FN et je les suis, pas longtemps, à peine une demi-ligne et ils s'arrêtent devant une bâtisse de style Horta, j'attends qu'ils entrent et je lis sur la plaque d'or : « Gilbert Rodelet, Avocat ».

Je repère la rue, rue du Porion, on doit toujours être à Charleroi, je fais demi-tour et je fonce sur la rue des Terrils.

Y'a un poteau en face du Luna-park, j'y fais un nœud marin avec la moto, je sors mon passe et je touille dans la serrure. Une serrure ne me résiste pas longtemps, idem pour la porte de son appart, pas de parfum dans l'air, elle doit être absente depuis le matin, ma journaliste, j'espère qu'elle est pas partie passer le week-end à la côte, je l'attendrai pas jusqu'à la mort de Chirac.

Je fais comme chez moi, j'appelle Marcel, je lui donne le numéro de Claude que je lis sur une de ses cartes de visite qui traîne près du P.C. : Il m'appelle dès qu'il a des nouvelles de Pedro.

Je m'assieds dans un fauteuil Louis XLVIII, les orteils en dilettante, et sort le recueil du métro de ma poche, tiens, y'a un poème sur la mer, je vais rejoindre Claude à Ostende :

« Je dirai ta mémoire, ô mer des solitudes,
Ta semence salée et tes cavernes bleues.
Je dirai ton silence dans l'archipel des nuits
Et ton chant de haut vent dans la voilure nue. »

Et elle arrive toujours pas. Je persévère. Et un truc sur la nuit, un !

Ça me fait penser à Achille, mon vieux gardien de prison qui surveillait les garçons difficiles durant ses nuits :

« Là-bas, là-bas, déjà
La nuit lutte avec l'aurore.
La montagne bleuit, la terre s'alourdit,
Le fil de lumière habite l'horizon.

Passeur du gué noir de la nuit,
J'ai fait de toi un guetteur d'aurore. »

Vingt dieux, que c'est beau !

Quelle heure il peut bien être ?

Dix-neuf heures !

Et je ferme les yeux, Cheryl est devant moi, belle comme une promotion, je pense qu'un de ces quatre, il faudra que je lui dise que je l'aime, avant qu'un de ces comiques que je croise m'envoie rejoindre mes parents, avant qu'un autre connard le lui dise.

Qu'elle le croie !

Ah, Cheryl, si j'étais poète, je t'écrirais des trucs comme les lit la gonzesse du métro, rien que pour toi, pour tes seins, tes jambes, tes yeux, tes stagiaires…

11

Il est différentes manières de sortir du sommeil et le réveil par le nez en est certainement la meilleure, une prolongation incongrue aux rêves, on se demande si on dort encore ou si votre sens vous joue des tours.

Je sens du sucre, beaucoup de sucre, de ce sucre qui fait les fruits, que l'on reconnaît au nez, comme cette senteur de banane, un peu de vanille, un rien de guimauve et on y donne un nom, cette entité faite de petits riens :

– Claude !

Et avant d'ouvrir les yeux, je sais qu'elle est là, en face de moi, je la placerais les paupières closes à l'endroit exact où elle est.

Et j'ouvre les yeux sur un visage blême, exsangue !

– Vous… J'ai vu de la lumière et… comment ?

Tant de questions méritent une réponse :

– Peut-être !

Mes orteils disparaissent dans l'écrin de mes chaussettes, je suis de nouveau humain.

– C'est le chat qui m'a ouvert.

Mon hôtesse se verse un whisky, elle me demande si j'en veux, c'est vrai qu'il est rare que quelqu'un prenne un whisky au réveil, moi encore moins !

– J'ai pensé que vous étiez rentré à Paris !

– Je suis du genre yorkshire, dis-je en m'affairant autour de la machine expresso, quand je tiens une pantoufle, je la lâche plus, tant pis s'il y a quelqu'un dedans !

Elle ôte son manteau, elle a une jolie robe anthracite avec des boutons sur le devant et un joli décolleté.

J'attends que l'eau devienne café par l'alchimie de la vapeur.

– Qu'est-ce que vous avez appris chez Anciaux, Claude ?

– Pas grand-chose ! Et vous ?

Je lui déballe tout ce que j'ai appris, sans rien lui taire, histoire qu'elle voie que je joue cartes sur table.

Juste le temps de meubler celui qui nous sépare du café.

– Café ?

– Il est tard et…

– Je pense que nous en aurons besoin, la nuit s'annonce très claire, si elle n'est pas blanche.

– Ainsi, reprend-elle, ces sapins verts n'étaient que d'autres étudiants, tout simplement !

– Vous connaissez maître Rodelet ?

– Pas plus que ça, je l'ai encore rencontré mercredi à l'occasion d'une interview.

– Vous trouvez ça normal, Claude, que les deux gardes du corps de ce type me prennent pour un sac poubelle dans une décharge sauvage et que je les retrouve au Destroyed, un café plein de boules à zéro, et que ces deux mêmes types bossent pour Rodelet ?

– Je trouve que depuis que vous êtes ici, plus rien n'est normal !

– C'est ça, avant que je débarque en Belgique, les Belges vivaient tous centenaires, le taux de criminalité était nul et... Je peux donner un coup de téléphone ?

– À Paris ?

– Oui !

– Je suppose que si je dis non, vous prendrez ça pour du racisme et puis, vous êtes chez vous, non ?

– On appellera notre premier enfant Kevin ! Allô ! Cheryl ?

– Qui ça, qui va avoir un enfant ?

– C'est une plaisanterie. Je t'appelle juste pour te dire que tout va bien et que je pense à toi. Tes yeux sont des perles que je pêcherais au fond des lagons si je savais plonger en apnée. Tes jambes sont des autoroutes sur lesquels j'aimerais choper des excès de vitesse et...

– Qu'est-ce qui te prend ? T'as pété les plombs ?

– Ah bon ! Je vois que j'ai encore du chemin à faire !

– Tu rentres quand ?

– Sais pas, je touche au but !

Et j'ai raccroché, Claude avait repris des couleurs.

– Parlez-moi de Rodelet !

– Qu'est-ce que vous voulez que je vous en dise ?

– Sais pas, moi ! S'il porte des caleçons américains, s'il est pour la peine de mort... Des trucs !

– Il n'y a pas grand-chose à en dire sinon que je le vois mal lié à quelque groupuscule d'extrême droite que ce soit. Il est un des cinq bâtonniers du Conseil des Avocats de Belgique et il mérite sa place. Il n'avait que trente-neuf ans quand il a occupé ce poste. Un record !

– Il est pote avec Jean-Marie ?

– Qui ça ?

– Maître Anciaux !

– Ils ne s'en cachent pas !

– On fait équipe à deux, non ? Alors, je vous propose un truc, vous avez le monopole en Belgique et moi en France. Équitable, non ?

– Et pourquoi feriez-vous ça ?

– Pourquoi ?

Je me suis approché d'elle comme je le faisais déjà avec mes copines à la maternelle, je lui ai souligné le menton d'un doigt que Rodin aurait revendiqué et :

– Pour tout ça !

Elle me souriait, surtout que j'avais l'air sincère.

Et j'y ai cru moi-même, à ma sincérité, quand nos lèvres se sont unies dans un baiser où la salive devint eau de désir. Sa bouche avait le goût de ces fruits que j'avais goûtés durant un rêve et que je m'étais juré d'inventer à mon réveil.

– Vous pensez que maître Rodelet pourrait être derrière tout ça ?

Elle m'a regardé quand je lui ai demandé ça, mais elle m'a regardé, je vous raconte pas. Mais c'était parce que ma physionomie avait changé.

– Qu'est-ce qui vous arrive ?

– Je… Je sais qui c'est, les cinq sapins verts !

– … ?

– Je vous ai dit que c'était le nom que donnaient les étudiants aux aspirants avocats, non ? Et vous, vous m'avez dit qu'il y avait cinq bâtonniers dans le Conseil des Avocats, en Belgique.

– Ben oui… À Tournai, il y a cinq clochers, c'est pas pour autant que ce sont des sapins verts, pourtant, parfois, des clochers, ça peut ressembler à des conifères.

– Et si ces cinq bâtonniers étaient…

– Vous n'y pensez pas sérieusement ?

– Dites-moi qui aurait accès aux QHS avec tant d'autorité qu'ils puissent mettre des gens en congé illico !

– Je sais pas, moi, un juge, le directeur de la prison…

– Maître Anciaux ?

– Je ne le pense pas, non !

– Un bâtonnier ?

– Oui, c'est fort possible !

– Que demande le peuple ! On les tient, nos cinq sapins verts !

– Et pourquoi maître Rodelet aurait-il voulu mettre un terme à la vie de son ami ?

– Ça… Mais on va aller le lui demander. Qu'est-ce que vous en dites ?

– Il est vrai que s'il n'y avait eu que la mort de votre ami… Mais depuis le pseudo-suicide de ce monsieur Dumont…

Et le téléphone qui sonne.

– C'est pour vous !

– Allô ! Marcel ?

– Gaby ! Tu sais, le truc sur lequel t'as tapé tout à l'heure…

– Le fax ?

– Ben, il vient de grésiller et il y a trois pages dans une langue qui doit être de l'espagnol qui viennent d'en sortir.

– J'arrive, espèce de Belge !

Je raccroche et je me tourne vers Claude :

– On ne se quitte plus, ma chérie. Mettez votre petite laine, il fait froid, à moto.

12

J'ai le fax en face de moi, j'ai mis près d'une heure à le traduire, j'ai pas la pratique nécessaire de l'espagnol pour lire ça comme une gazette. Claude n'a pas voulu grimper sur la bécane, je la comprends, le froid m'a scié.

– Voilà !

La moutarde est montée au nez du lapin dans mon assiette, ça l'a tué, ça l'a cuit !

Tout le monde attend ma traduction, j'y vais :

– Mon copain Pedro n'a pas eu de mal à trouver les infos que je lui demandais, Fuengirolla, c'est pas une métropole et apparemment, Anciaux y laisse des traces comme un mammouth sur la calotte glaciaire.

Ça fait plus de dix ans qu'il se rend là-bas, la première fois, ils étaient trois, lui, un certain Maximilien Deswert et son épouse, Sarah Fabisévitch. Le Deswert en question a des roues à la place des jambes depuis le mois de mai 1945. Ça vous dit rien ?

– La fin de la guerre ! ratiocine Marcel.

– Pedro a rencontré ces deux personnes, la femme lui a raconté leur histoire, c'est troublant ! Quand maître Anciaux s'est engagé comme travailleur volontaire en Allemagne, il n'avait que 14 ans, on le sait, et il s'est retrouvé confiné dans un fournil à remâcher ses convictions. Quelques semaines plus tard, on lui a donné un compagnon, ce Deswert ; mais lui n'était pas là pour servir le Reich, on l'y a mis sans lui demander son avis. Ils ont passé cinq ans ensemble dans cet atelier à faire du pain aux Boches !

– C'est pour ça qu'il tait cette histoire, suggère Claude, il n'a pas envie que Pradel ou Cabrol fasse pleurer les ménagères sur son compte !

– Peut-être. C'est Anciaux qui paie le loyer en pesetas, non seulement il leur paie le loyer, mais il a ouvert un crédit dans pratiquement tous les magasins de Fuengirolla au nom des époux Deswert. Retour à la guerre : quelques mois avant la fin des hostilités, une gosse s'est échappée de l'usine à saucisses kasher de Celles, sise à quelques kilomètres de la boulangerie ; elle s'est réfugiée dans le grenier derrière les moules à pains durant quelques jours, la faim l'a fait sortir et Max l'a découverte. Un coup de bol, si ç'avait été Anciaux, il l'aurait sans aucun doute dénoncée, avec ses idées à la con.

– Anciaux n'en a rien su ? s'enquiert Claude.

– J'y viens, j'y viens ! Max l'a planquée durant des jours et des jours et il a été obligé de tout dévoiler à son compagnon d'infortune, en lui faisant remarquer que ça faisait plus d'un mois que Sarah –puisqu'il s'agissait d'elle– se déguisait en pain, et que lui, Anciaux, aurait bien du mal à faire croire aux Frisés que la gonzesse se cachait là depuis si longtemps sans qu'il n'en sût rien ! On était au début de l'an de grâce 1945, les idées du gosse Anciaux, fondu au nazisme, étaient déjà moins fondues que ça, ses désillusions l'avaient changé et il a écrasé ! Quand ils ont été libérés, un peu avant la fin de la guerre, ils ont décidé de regagner la Belgique, de retrouver leurs familles par leurs propres moyens. Ils ont fait escale à Venlo, en Hollande, près de la frontière allemande, dans un bâtiment en ruines, au premier étage. Anciaux a laissé ses deux potes tout seuls pour aller glaner un peu de nourriture auprès des Boys qui avaient un campement à deux pas de là, et nos deux tourtereaux ne l'ont plus jamais revu. Au second étage, une bande de fanatiques qui voulait pas que l'Allemagne perde la guerre de leur vivant s'est mise à canarder les GI's qui ont riposté, et les quatre étages supérieurs leur sont tombés sur la gueule !

– Putain, ça doit faire mal, subodore Marcel.

– Surtout quand on n'a pas de casque, oui ! Deswert s'est retrouvé tétraplégique et la gosse s'est mise à hurler, on les a retrouvés que quelques jours plus tard en déblayant les décombres. Anciaux avait disparu, on a soigné Max. Et depuis plus de cinquante ans, Sarah le soigne. Il n'eurent pas d'enfants et vivent heureux !

– Mais comment se fait-il que maître Anciaux soit en contact avec eux, s'il ne se sont pas revus ? demande pertinemment Claude qui est mature, maintenant.

– Ce n'est qu'il y a une dizaine d'années, alors que Max était entré à l'hôpital de Jumet pour une intervention chirurgicale au cœur qu'ils ont retrouvé Anciaux, hospitalisé, lui aussi, pour une orchite. Il a entendu le nom de Maximilien Deswert dans le couloir et il est entré dans sa chambre, Sarah a eu beaucoup de mal à le reconnaître. Quant à Max, depuis son accident, c'est à peine s'il sait communiquer. Ajoutez une amnésie totale de ce qui s'est produit avant la chute du mur de Venlo et vous aurez un légume.

– Il les a mis à l'abri en Espagne pour que les journalistes les laissent tranquilles, suggère Claude.

– Ils auraient tout aussi bien été à l'abri en Belgique, souligne mon Marcel.

– Pertinent, ça, Marcel !

– Et qu'est-ce que vous comptez faire ?

Elle est encore plus belle quand elle parle.

– Gaby, pour les dames ! Ben, je vois pas trop ! Qu'est-ce que ça vous dirait d'aller faire un tour en amoureux, comme les époux Deswert chez Anciaux, peut-être qu'il nous paierait des vacances en Espagne, à nous aussi !

– Ainsi, semble soliloquer Claude, ses voyages en Espagne s'expliquent !

– Faut croire !

Une sonnerie de téléphone inconnue nous prend en traître et nous offre un frisson collectif.

– Excusez-moi, j'ai dû oublier de brancher mon répondeur ! reprend Claude en tirant un portable de son sac que je pensais pourtant connaître dans l'intimité depuis l'autre soir.

On n'a pas le temps d'écouter sa conversation, dans le café, de l'autre côté de la porte, c'est l'effervescence, on entend des bruits de verres cassés, des voix qui brandissent des onomatopées, Marcel et moi, on se rue vers les décibels incongrus pour découvrir une bande de skins qui malmènent un grand noir, le cousin du type du métro, sans aucun doute, ils ont le même sourire blanc outrancier.

Les épouvantails ont des battes de base-ball à la place des mains, ça va bien avec leur coupe de cheveux, d'ailleurs, mais Marcel a pas dû le remarquer parce qu'il se rue sur eux en scandant :

– Oh, les têtes de bittes, on n'est pas dans les fourons(1), ici !

Ils vont lui faire une tête si je les laisse, mais à deux contre dix, on pourra pas faire grand-chose, sinon réveiller mes plaies de la veille.

Le gars qui semble être le chef a les cheveux de Barbie, la poupée, pas le locataire de Lyon, celle qui a une épingle dans le nez, il attend mon Belge en grognant tout son vocabulaire (quatre mots) et, dès qu'il y a contact, le flipper fait tilt autour de la tête de Marcel.

(1) Fourons : région de Flandres enclavée en Wallonie et peuplée en majeure partie de francophones où des heurts opposent souvent des extrémistes flamands à la population et dont le bourgmestre, José Happart, surnommé «le Hérisson», est sujet à controverse au sein même du gouvernement.

Je sors l'artillerie et je souris.

J'ai reconnu le type qui squattait l'appui de fenêtre du Destroyed tout à l'heure, il me rappelle le personnage d'un des films de George A. Roméro.

Je souffle :

– Pourquoi toujours recourir à la violence ?

Ils regardent mon flingue, secouent la tête, et il se produit un phénomène incroyable : le type, là, en face de moi, se met à penser.

Ses yeux fixent son nez, il est étonné, ne comprend pas ce qui lui arrive et communie avec son voisin en cet instant mémorable :

– Il a un flingue !

– Tu crois ?

– Lecouvreur !

Mais comment ils connaissent tous mon nom ?

Et on dit que les Belges sont cons !

Le chef respire un grand coup et reprend :

– T'as pas d'avenir en Belgique, Lecouvreur, c'est pas bon pour les oiseaux, la Belgique ! J'ai deux potes qui t'ont fait visiter les mines et qui m'ont dit de te dire de te barrer !

Je dis rien, j'attends et il persiste :

– Je te vois très bien, à la rue Popincourt, à Paris, dans le 11ème, tu vois ce que je veux dire ? Ça crame bien, les peluches, tu serais plus emmerdé avec ton allergie !

C'est qu'ils s'en prendraient à Cheryl, ces empotés !

– T'as un train à trois heures du mat, Lecouvreur, rate-le pas sinon, nous, on te ratera pas. Si tu tires, t'en aideras un ou deux et les autres te boufferont avec de la mayonnaise.

Et au cas où j'aurais pas compris, Gengis-khan lève sa batte de base-ball et la laisse tomber à deux doigts de la tête de Marcel qui reprend ses esprits ; la vitre est pulvérisé, ils font demi-tour quand je leur hurle :

– Tu diras à Rodelet que le Balancier, il va pas peser longtemps avec moi.

Ils m'ont même pas regardé, vont là où le néant les guide et disparaissent dans la nuit où ils se sentent si bien.

13

C'est vrai qu'il fait froid et bien que j'aime les plaisirs de la moto, j'ai horreur de ses désagréments ; aussi nous retrouvons-nous tous les deux dans la voiture de Claude qui est très jolie dans les lumières de l'autoroute.

– Il est plus de vingt-trois heures, maître Anciaux n'appréciera certainement pas qu'on le dérange à une heure pareille.

– M'en fous ! Y'a des trucs pas nets dans cette enquête !

– Quels trucs ?

Elle me demande ça dans le parc de l'avocat, on fait le tour de l'étang dans lequel un chalutier fait demi-tour, dans trois ou quatre heures, on sera arrivés.

– Je comprends pas pourquoi Anciaux bouge pas un cil quand on le suppose aller en Espagne pour lécher les bottes à Degrelle, alors que c'est pour s'occuper d'une juive qu'il a connue en Allemagne pendant la guerre et, qu'on ne dise pas le contraire, qu'il a aidée à s'évader. Si c'était pour lustrer sa réputation, il prendrait pas la peine de taire ça. On est arrivés.

Anciaux nous attend sur le perron.

– Pas sommeil, maître ? Des souvenirs de guerre, peut-être ?

Je prends pas la peine de lui serrer la main, il me suit dans sa maison où je pénètre avec autorité, j'entends sa voix :

– Il est très difficile de trouver le sommeil quand vous êtes dans l'entourage de quelqu'un, monsieur Lecouvreur.

– Bureau !

Claude est jolie aussi dans la lumière des lustres somptueux.

On glisse en silence jusqu'au bureau, s'assied sur les dossiers, Anciaux déniche une bouteille dans le *Code civil belge*, du whisky et trois verres dans le tome CLXIV des *Erreurs judiciaires internationales*.

Il verse le liquide qui m'offre un haut-le-cœur.

– Je connais votre histoire, Anciaux !

Qu'est-ce qu'il cherche dans son verre ? Le « maître » que j'ai laissé tomber ostensiblement ou une contenance ? Pourtant, il doit être habitué au tribunal, il sait où il la range.

Il sait que je crâne pas.

– Bigre !

Il avale son whisky, se ressert une dose de *Code civil* et reprend :

– Jusqu'où ?

– Venlo !

– Alors, vous ne savez rien !

Et je lis dans ses yeux que ce qu'il va dire est la vérité, une de ces vérités qui vous fait des alcooliques, des déracinés ou des suicidés.

Les trois tiennent dans une nuance.

– J'ai...

Allez, Jean-Marie, un petit effort et tu y es.

– J'ai fait ma petite enquête, monsieur Lecouvreur.

Il me tend la bouteille, on est potes, on trinque, mais le whisky, je peux pas.

– Vous aviez raison ! Dandois s'est retrouvé en congé chaque fois qu'un notable a disparu d'une façon tragique.

Il pousse un profond soupir, il a besoin d'un coup de main de son pote :

– Maître Rodelet ?

Il est surpris, là, Jean-Marie, ça doit pas lui arriver tous les jours.

– Ils étaient tous des grands personnages du paysage belge, il n'ont eu que le tort de mettre un pied sur le côté. Bossman ! Homme politique relié par des fils invisibles à une vingtaine d'entreprises belges, il avait racheté une petite usine au bord de la faillite, il y a mis tous ses coups foireux, qu'il a fait passer dans les pertes et profits.

– En contact avec Rodelet ?

– Le même club de bridge. Et Carmel ! Le journaliste qu'on a retrouvé dans le coffre de sa voiture sur l'autoroute d'Ostende. Une vingtaine, comme ça, depuis que maître Rodelet est bâtonnier !

Un ange passe, je prends le numéro de sa plaque au cas où...

– Racontez-nous la fin de votre histoire !

– Ça servira à quoi ?

Il a l'air d'un être humain !

– Vous vous sentirez plus léger, ça aide parfois l'âme à s'envoler, le moment venu…

Il claque les mains sur ses grosses jambes de vieux taureau, je sais que c'est gagné.

– De toute manière, un jour ou l'autre, ça se serait su !

Il regarde Claude, la sonde et parle sans la quitter des yeux :

– Il était une fois deux apprentis boulangers qui se sont connus en Allemagne, l'un, riche, était arrivé là porté par ses convictions, l'autre, pauvre, parce que dans une boulangerie, il y a à manger. Ils ont passé cinq années ensemble à se parler d'eux. Ils savaient tout l'un de l'autre, vous comprenez : tout !

Il sort *le Code civil américain*, on est bon pour le bourbon.

– Un jour, l'un d'eux – le pauvre – découvre une petite Juive squelettique derrière une pile de platines à pains ; ses yeux sont ronds de peur, son visage est habitué à la peur, il y a une place pour elle dans ses traits, elle les a ciselés. Il tait sa découverte à son ami durant près d'un mois et finit par le mettre au pied du mur, ses convictions essoufflées. La fin de la guerre ne fait pratiquement aucun doute, ni son issue d'ailleurs. Et devant l'évidence que les autorités nazies ne le croiraient pas s'il prétendait ignorer qu'elle se cachait là depuis un mois, le riche entre dans la combine. Quelques semaines plus tard, Celles est libérée, ils quittent l'Allemagne et se retrouvent à Venlo où ils sont sujets à un contrôle d'identité. Les Américains ont découvert les horreurs des camps de concentration, ils laissent passer Sarah et…

Boirait bien un coup, Jean-Marie.

Il reprend, désordonné :

– Quand nous avons quitté la Belgique, monsieur Lecouvreur, nous n'avions que quatorze ans, nous étions encore des enfants. À ce moment, nous étions devenus des hommes, nous avions presque vingt ans, du poil au menton, des… Ce n'est pas que nous nous ressemblions mais… Enfin… Après le contrôle d'identité, nous nous sommes réfugiés dans ce bâtiment en ruines, je suis allé chercher à manger chez les GI's… J'ai entendu les coups de feu, j'ai vu les Américains canarder mes amis, je suis resté muet… Quand j'ai pu ouvrir la bouche, il ne restait que des décombres, vous comprenez, des décombres ! Des cadavres ! Mes amis étaient morts. Dans mon entendement, il ne pouvait en être autrement ; je ne savais pas qu'ils étaient encore vivants. Ils ont eu de la chance, au moment de la bagarre, ils étaient sous le linteau qui a miraculeusement tenu le coup sous des tonnes de gravats.

Claude est attendrie, elle en pleurerait. Aussi Anciaux appuie-t-il son regard sur elle, il est en plein dans son procès, joue sa tête, il nage en pleine plaidoirie.

– Ils étaient morts, tous les deux ! reprend-il, pathétique. J'ai repris ma route, l'âme en révolte face à mon impuissance. J'ai vu des centaines de morts dans cette guerre mais ces deux-là n'étaient pas nécessaires !

– Et ensuite ?

J'ai l'air imperturbable, là, mais en réalité, je suis très ému.

– Ensuite, je suis rentré chez moi. À Mons ! Vous comprenez, monsieur Lecouvreur, à Mons... Chez moi... Alors que je suis Carolo !

Je dis rien, c'est sa vie !

– Au contrôle suivant, j'ai appris que je m'appelais Jean-Marie Anciaux et non Maximilien Deswert ! Vous comprenez, maintenant ?

– Oui !

– Les GI's, à Venlo, s'étaient trompés en nous rendant nos papiers, ils m'avaient donné l'identité de mon ami mort là-bas parce que deux ou trois nazis irréductibles ne voulaient pas mourir en prison. Et je me retrouvais avec une opportunité, celle, non de changer d'identité mais de milieu social ! Je vous l'ai dit, on ne se ressemblait pas tellement mais le temps nous avait donné le même âge et le même moule ! J'étais fauché, Jean-Marie m'avait parlé de sa famille, vous pensez bien, en cinq ans, on a eu le temps de tout se raconter. Je savais tout d'eux et quand j'ai appris que ma famille Montoise avait disparu dans un bombardement, je n'ai pas hésité. Qu'auriez-vous fait à ma place, monsieur Lecouvreur ?

– Sais pas ! Sais pas ! Continuez !

– Je suis venu à Charleroi, ma mère d'infortune a pris le fils qu'on lui rendait, trop heureuse d'en avoir encore un, sans se poser trop de questions. Il est une sorte de pacte tacite entre nous, on ne parle jamais des dix-neuf années de grossesse que nous avons vécues avant que je «revienne». J'ignore si elle le sait, mais une mère sent les choses et... Ce n'est pas important ! Elle m'a payé des études et moi, je lui ai donné la joie d'être fière de son fils ! Si vous en avez le cœur, allez le lui dire, elle est à l'étage mais elle ne vous croira pas. Elle a nonante-six ans !

– Comment avez-vous retrouvé Max ? Enfin, l'autre Max !

– J'ai été hospitalisé pour une bêtise il y a plus de dix ans et en déambulant dans les couloirs, j'ai entendu son nom, je suis entré dans la chambre, j'ai reconnu Sarah, elle aussi m'a reconnu et…

– Comment se fait-il que Deswert, le vrai Anciaux, ne se soit jamais manifesté ?

– C'est compliqué : il était amnésique. Sarah savait ses vraies convictions. Si, en retrouvant la mémoire, il recouvrait son antisémitisme… Vous vous rendez compte !

Saint-Bourbon, priez pour lui !

– Ils ont tout ce qui leur faut : Max bénéficie d'une petite pension de guerre et je subviens à tous leurs besoins. S'ils sont à Fuengirolla, c'est parce qu'ils ont choisi cet endroit !

– Et Rodelet, dans tout ça ?

– Il y a quinze jours, je n'ai plus pu supporter d'avoir volé la vie de Max, ces cinquante ans que je lui ai pris, même s'il m'a certifié avoir été heureux durant tout ce temps. Si ce n'est son handicap, mais ça, ce n'est pas ma faute ! Je me suis laissé aller à des confidences, j'ai tout avoué à mon ami Rodelet, je voulais rendre son identité réelle à Max. Il me l'a déconseillé en me disant – et c'est la vérité – que mes enfants, mes petits-enfants perdraient leur nom et toute cette vie que j'ai bâtie pour qu'ils soient fiers de leur aïeul n'aurait servi à rien ! Si on apprend ma véritable identité, je devrai en changer et toute ma progéniture aussi. Vous comprenez, moi, je n'avais pris que l'identité d'un mort, j'ignorais qu'il fût encore vivant. Dès lors, les données étaient changées, j'ai eu dix ans pour ressasser tout ça !

Je prends les commandes, c'est moi qui remplis son verre :

– Qu'est-ce que vous pensez de Rodelet ?

– C'est vrai que politiquement il n'est pas tout à fait clair, mais c'est un ami sur lequel on peut compter et si vous ne m'aviez pas mis la puce à l'oreille, il est plus que certain que je n'aurais jamais pensé à lui mais c'est la seule personne qui connaisse mon histoire, la seule ! Il ne peut s'agir de personne d'autre que lui.

Je m'adresse à Claude sans quitter Anciaux-Deswert des yeux :

– Vous seriez prête à taire cette histoire, Claude ?

Elle me répond dans son mouchoir roulé en boule :

– Le journalisme voyeuriste n'a pas besoin de moi pour bien se porter, Gabriel. Nous ferions plus de torts en ébruitant cette histoire qu'en laissant les fantômes dans leur sépulture.

J'insiste :

– On peut compter sur votre silence ?

– Je vous le promets !

– Et vous, maître Anciaux ? Peut-on compter sur votre force de caractère ? Vous ne nous ferez plus de vague à l'âme dans des confidences à tous vents ?

– Je sais à présent que Max et Sarah sont heureux ! Et si je meurs avant eux, je sais que ma famille s'en occupera sans poser de questions !

– Alors, je vois pas pourquoi on changerait les choses qui se trouvent très bien à la place qu'elles occupent. On se casse !

On a pris congé de maître Anciaux et dans la lumière du plafonnier de la Mazda 121, Claude était très jolie.

– Où allons-nous ?

Les gonzesses, elles sont tellement curieuses.

– Fouiller des papiers pas très nets !

Finalement, dès qu'il y a un ruisseau de lumière, Claude, elle est très jolie. Il se pourrait même qu'elle soit jolie dans le noir.

14

– Tu fermes le salon jusqu'à nouvel ordre ! Compris, Cheryl ?

– Mais, c'est dimanche, demain, c'est fermé !

– Alors, tu boucles ta valise et tu files chez Raymond !

– Mais c'est dans le Val d'Oise !

– Ma chérie, est-ce qu'une fois dans ta vie, tu vas faire ce que je te demande ?

– On voit bien que t'es chez les Belges, une fois !

– Tu me le promets, tu files à Moisselles ?

– Promis !

– Cheryl !

– Quoi ?

– Je t'…

– Tu quoi ?

– Je t'… envoie de mes nouvelles dès que je peux !

– Macho !

C'est pas de ma faute si j'arrive pas à lui dire que je l'aime !

Et je me tourne vers Claude :

– Quelle heure qu'il est ?

– Deux heures !

– Et vous allez comme ça ?

– Pourquoi, je suis décoiffée ?

– Ce n'est pas une promenade de santé !

– Je vais quand même pas mettre des baskets avec un tailleur…

La nuit est glaciale, on parque la voiture à cent mètres du Destroyed, il n'y a pas de lumière, Charleroi ressemble à toutes les villes du monde, la nuit, les seuls chats qui s'y promènent arpentent les trottoirs en dignes disciples d'Aristote.

Je sors mon passe, je fouille la serrure, j'y trouve un clac rassérénant, ça sent le shit.

– N'allumez pas, j'ai ma lampe torche.

Il y a un étage, j'espère que le patron ne dort pas ici. La maison est très petite : deux chambres et une salle de bains pourrie, le chiotte régurgite.

– Qu'est-ce qu'on cherche ? demande Claude en prenant garde à ne pas se niquer les bas sur tous les détritus dans lesquels on nage, il y a des canettes de bière vides, des millions de clopes, il y a même une capote plus pleine qu'un bus scolaire.

Je découvre des tracts racistes sur la table bancale, Claude me souffle dans l'oreille :

– Je me souviens de ces papiers, on en a parlé, à l'époque, tous les étrangers en ont reçus dans leur boîte aux lettres, ils devaient prétendument les retourner à l'hôtel de ville. C'est d'un dégoût...

J'en lis un tout haut :

« Quel parfum utilisez-vous ?

Fleur d'anus.

Miasmes d'un soir.

Bave de crapaud.

Croyez-vous qu'il soit nécessaire que les étrangers marchent sur deux pattes ?

Seriez-vous prêts à suicider vos enfants pour l'avenir de la Belgique ?

Seriez-vous prêts à servir de cibles à nos tireurs d'élites ?

Trouvez-vous normal que les étrangers, dans la même classe que nos têtes blondes, aient un plus gros zizi que nos élèves de premières années, même s'il ont déjà dix-huit ans ? »

– Je vous l'avais dit que c'était répugnant !

– J'aimerais trouver les preuves que Rodelet trempe dans l'extrême droite.

– Vous croyez qu'ils laisseraient la maison vide s'il y avait un coffre ?

– Vous croyez que quelqu'un serait assez fou pour venir fouiller cette turne quand on sait qui y vit ?

On a farfouillé partout durant une demi-heure et Claude a mis tant de tendresse dans mon nom quand elle a murmuré :

– Gaby !

Je me suis approché d'elle, elle me montrait un imposant classeur, les tiroirs étaient vides, je lui ai montré que je ne comprenais pas, elle a tendu le doigt vers le sol où se dessinait un espace propre dans la crasse, un arc de cercle.

– Banco ! Ça doit pivoter, ce machin !

On a poussé de tout notre poids sur le meuble, il a fini par pivoter en laissant le mur apparent, un trou y béait regorgeant d'armes de poing, de casse-gueule américains et de billets de banque.

– Qu'est-ce que vous faites ?

– Mes courses ! Je prends de quoi me payer un nouveau cockpit ! lui dis-je en engouffrant l'argent dans un sac en plastique. Allez, on file. On trouvera plus rien, ici !

Quand on est sortis, on a vu une voiture qui arrivait, dans les phares, j'ai reconnu une Mercedes.

– Je prends le volant.

Et quand on a démarré, quand on a vu les phares dans le rétroviseur, on était sûrs de savoir qui conduisait la voiture derrière nous.

– Vous voulez une histoire drôle ? dis-je en poussant sur l'accélérateur comme un futur père qui file vers la maternité.

– Dites toujours !

– C'est un docteur qui dit à son patient : j'ai deux nouvelles, une bonne et une mauvaise. D'abord, la bonne : vous sortez demain ! Et la mauvaise : les pieds devant !

15

Je savais pas trop vers où j'allais, Claude m'apprend que c'est la route de Philippeville, c'est bien fait pour nous.

Le diesel puissant de la Mercedes a tôt fait de nous rattraper sur le grand axe ; il faut qu'on prenne les petites routes où la Mazda, plus nerveuse et plus maniable, mettra de la distance entre les tueurs et nous.

Pino engage les hostilités, il essaie de nous envoyer dans le décor en nous tamponnant, je ne comprends pas comment il n'y parvient pas avec deux tonnes au bout des mains, il doit le faire exprès.

– Prenez la prochaine à droite, je connais un endroit où nous serons à l'abri !

J'obtempère, à l'instant même où la Mercedes trace droit sur nous, je bifurque, la voiture antagoniste, emportée par son élan, finit dans un champ glabre, plein de mousse à raser, elle y strie un couloir comme un rasoir jetable.

Nous, on a frôlé un poteau (numéro P645) et on est libre, la Mercedes patine dans les poils de barbe.

– Où allons-nous ?

– Je connais un gymnase, il est fermé pour le moment parce qu'on fait des travaux de restauration, j'ai la clé. Là-bas, ils ne nous chercheront pas !

– Vendu.

On roule un petit quart d'heure et Claude me montre le couvert des arbres, enfin, si je puis dire, parce qu'en hiver, les arbres, ils sont pas très couverts. Je m'arrange pour qu'on confonde la Mazda blanche avec ce décor de Noël et on galope vers l'énorme bulle futuriste qui abrite le gymnase, la porte s'ouvre sur la chaleur qui met les bouts, on en récupère une partie et on se calfeutre au chaud.

C'est Byzance.

– J'espère qu'on est réellement à l'abri, ici.

Claude me toise en décapsulant une Chimay bleue qu'elle cueille derrière le bar.

– Qu'est-ce que vous voulez dire, Gaby ?

– Depuis hier, mes antagonistes ont la fâcheuse faculté de connaître tout de mes déplacements, ça m'étonnerait pas qu'ils m'aient collé un truc pour me suivre sur un écran, comme dans Batman, vous voyez ?

Quand Claude se penche, je vois la naissance de ses seins, j'espère être invité au baptême.

Elle a pas l'air très rassuré et comme je suis un sacré opportuniste, je sais que c'est le moment ou jamais, je lui prends la main, ses yeux noirs s'embuent et je la tire lentement vers moi, elle oppose à peine une légère résistance. Nos lèvres sont chaudes malgré l'hiver, on s'y réchauffe de concert et mes mains lui font glisser son chemisier, elles ne perdent pas de temps sur le soutien-gorge, elle n'en porte pas, elle n'en aura pas besoin avant quelques lustres, ses seins sont une publicité à eux tout seuls, décorés de deux petites framboises qui feraient le bonheur d'un confiturier de mes amis, je les énerve et sa jupe orne le plancher de bois, j'y mettrai un portemanteau, sa jupe n'a jamais été plus jolie que sur ce plancher.

Elle porte des bas qui tiennent tout seuls, enfin, quand je dis elle porte, je devrais le mettre à l'imparfait, je tourne la tête, on est dans un gymnase.

Et c'est parti !

Mon Dieu !

Mais comment vous raconter ça ?

Je l'ai embrassée, fouillée, humidifiée, dépucelée de nouveau, bue, lapée, parcourue, lue, écrite, inventée, découverte, révélée, saturée…

Elle ?

Elle m'a flatté, caressé, englouti, moulé, comblé, épuisé, ravi, tripoté, peloté, crac-crac-boumé…

On a baisé, quoi !

Nous étions par terre, haletants, elle m'a regardé et m'a dit :

– Encore !

Nous étions des siamois.

Et je suis reparti à la conquête de l'Himalaya, sans sherpas, comme si nous ne nous étions jamais connus, je me suis de nouveau étonné de cet endroit incongru qu'avait choisi ce grain de beauté pour y élire domicile, et quand je suis venu, elle n'en pouvait plus, on s'est reposés quelques secondes et j'ai dit :

– Encore ?

On a tout essayé, la douche, dessous, dedans, dans la commode, sous les tiroirs, un dans chaque pièce, à travers la serrure.

On s'est effondrés, l'un dans l'autre, squelettiques, une lumière brillait dans mon œil :

– Je suis sur la réserve !

Et j'ai éjaculé en poudre.

Elle hurlait.

– Je t'ai fait mal ?

– Continue, imbécile !

Elle jouissait dans des langues inconnues, elle ne comprenait pas ce qu'elle pensait et devait recourir à des dictionnaires, je lui inventais des mots :

– Gramagileuse !

– Oh, grossier !

Nous avons appris à conjuguer des verbes nouveaux et quand, vidés, je l'ai ramassée par terre, elle fut touchée par tant de prévenance.

– Encore !

– Oui, mais c'est la dernière fois.

– J'ai encore un petit morceau tout sec, là.

Elle s'est mise sur le cheval d'arçon, moi au trapèze, elle avait la croupe en l'air et à chacun de mes passages, ses yeux se révulsaient.

– Brave petite !

– Ta gueule et fonce !

Et quand on est venus, je l'ai embrassée sur la joue parce qu'on ne se connaissait pas assez pour…

– Encore !

– Non, j'essaie d'arrêter !

Je ne sais plus qui de nous deux avait dit ça mais l'autre ne l'a pas regretté.

– C'est ta jambe ?

– Attends, je regarde…

Heureusement que nous avions pris soin d'y coudre des nomminettes.

J'avais un de ses seins entre les jambes et elle, une de mes gonades sur la poitrine.

Ses joues piquaient, j'ai récupéré mes hormones.

On a pris des notes, pour nos mémoires.

Le public a hurlé :

– Encore !

Magnanime – que dis-je : grand homme –, je récitai l'œuvre complète de Victor Hugo afin de ne pas venir trop vite et, deux siècles plus tard, trois guerres mondiales et cinquante Jeux Olympiques après, je vins dans une éjaculation digne du plus grand Minelli, mes spermatozoïdes dansaient sur une musique de Léonard Bernstein, dans une chorégraphie de Cécil B. de Mille, dans un décor spielberguien...

Nous étions épuisés par tant de dépense physique, mais un gymnase n'est-il pas conçu dans ce dessein ?

– Again !

C'est ce que disait le fax de Bill Clinton et il a ri quand on s'est jeté dans le coït, je lui ai dit, à ma jolie Claude :

– Je veux te prendre comme une bête !

Elle m'a répondu, soudain timide :

– Oui, mais dans une rue où on ne me connaît pas !

J'ai essayé le nombril, nœud de sa naissance, j'y ai retrouvé ses racines et ses vics antérieures !

– Que tu es beau !

– À qui le dis-tu !

– Je suis fatiguée !

On s'est masturbés, pour pas perdre la main, comme des gosses, à celui à qui ça ferait chatouille le premier.

Elle a gagné.

– Il est vide ?

– Attends.

Et j'ai bu un fût de Leffe.

Banco ! Refais-le-me-le et tout le saint-ciboire, on a essayé à la Mau-Mau, à l'Iroquoise, à l'Inuit, on a fait le tour du monde, l'un dans l'autre.

Mon Dieu, quelle histoire !

Nous n'étions plus que deux mollusques quand le jour s'est levé, deux méduses flasques et molles.

Claude régressa :

– Arreuhhh !

Et j'ai vu de la lumière éclairer le dôme au-dessus de nous.

– Y'a quelqu'un qui arrive !

– Le gens du *Guiness Book* !

Comment se cacher dans un gymnase où il n'y a qu'une énorme pièce, les douches étant en réfection !

– Encore !

– Chut !

Allez donc vous cacher dans une énorme salle où il n'y a que des espaliers, des barres fixes, un trampoline et un cheval d'arçons !

16

– Encore !

– Mais tu vas te taire, Claude ! Et ôte-moi ce bas, c'est ma jambe !

Quand les trois gugusses sont entrés dans le gymnase, ils n'ont rien trouvé que des espaliers, des barres fixes, un trampoline et un cheval d'arçons.

J'ai reconnu cette voix pour l'avoir entendue sur une cassette vidéo chez Marcel.

– Cherchez-les, ils sont forcément ici !

Ils ont certainement trouvé la Mazda !

– Tu m'aimes plus ?

– Pour l'amour du ciel, Claude !

C'est Pino qui parle avec son accent charentais :

– Ils sont pas là, maître !

– C'est impossible !

Et j'entends des pas qui se rapprochent et une voix placide qui murmure :

– Ce parfum-là, je le reconnaîtrais entre mille.

Maître Rodelet tapote gentiment sur le cheval d'arçons dans lequel nous sommes cachés et reprend :

– Allez, les tourtereaux, sortez de là !

On n'est pas très fiers quand les deux mongoliens démontent un à un les éléments de bois qui composent notre ex-cachette.

– Monsieur Lecouvreur, redémarre Rodelet, je suis heureux de pouvoir enfin vous rencontrer.

J'écrase.

De toute manière, j'ai pas le choix.

J'essaie de rendre une apparence humaine à Claude, de rafistoler ses apparences, j'y parviens mais pas sans mal, elle s'en remettra jamais, la gosse, elle bredouille :

– Stéphanie de Monaco !

– Vous êtes fortiche, maître ! Comment avez-vous découvert qui j'étais ?

– J'ai un ami dans la police, à Paris, quelqu'un que vous connaissez très bien. Vous voyez de qui je veux parler ?

– Vergeat !

Le commissaire Vergeat, mon vieil ennemi, dès

qu'il s'agit de me chercher des poux, il laisse tomber ses tics et devient teigne !

– Vous êtes un adversaire redoutable, le Poulpe, mais les plaisanteries les plus courtes étant les meilleures, je pense que nous allons devoir mettre un terme à notre antagonisme. Vous ne m'en voudrez pas si je veux en sortir vainqueur ; c'est le jeu !

– J'aurais aimé fêter mes quarante ans !

– Tant pis !

Je regarde ce type entouré de ses pantins, il a cette assurance des grands chefs de gang qui perdent la voix et finissent dans un jardin, frappés par un infarctus en promenant leurs petits-enfants.

C'est pas juste !

– Et comment allez-vous m'éliminer ?

– Surprise !

– Normalement, c'est maintenant que vous devriez me fournir les explications idoines, histoire de gagner du temps pour que la cavalerie puisse venir nous délivrer !

Je reprends en toisant Claude :

– Ou plutôt me délivrer ! N'est-ce pas, Claude ?

Elle me regarde, baisse les yeux et je suis sûr qu'elle pleure.

– Parce que ce monsieur, là, je connais sa voix, c'est le «C'est moi» qui vous a proposé le mariage !

– Vous aussi, monsieur Lecouvreur, dit Rodelet, vous êtes fortiche. Comment savez-vous que Claude n'était qu'un leurre ?

– Ça fait trois fois que vous me retrouvez sans que personne ne sache où je suis sinon Claude ! L'autre jour, j'ai fouillé son sac. Il n'y avait pas de téléphone portable, elle l'avait emporté sous la douche, en fait, elle vous prévenait ! Quand je suis allé avec la moto, Claude avait la voiture, elle vous a contacté de là et cette fois, je suppose que cet endroit était convenu à l'avance. Et puis, quand elle m'a découvert dans son appartement, elle était toute pâle parce qu'elle me croyait mort. Tout simplement. Et enfin, tout à l'heure, ces deux messieurs, s'ils avaient vraiment voulu nous envoyer dans le décor, ils auraient pu le faire mais c'était en risquant la vie de la future patronne !

Elle lève les yeux et :

– Pourquoi tu as accepté ce qui vient de se passer ?

– Si c'était à refaire, je le referais !

Et je me retourne vers Rodelet tandis que Claude sanglote :

– Alors, monsieur le sapin vert, si vous me la racontiez, votre histoire ?

– Certes, certes, mon cher Lecouvreur, j'y viens. Donc, notre cher Balancier ou Zwengel en flamand existe depuis la création de la Belgique, c'est à peine s'il ne fait pas partie de la constitution. Un peu comme le bras de la justice tendu au-dessus de la justice. Il a été créé par les cinq premiers bâtonniers qui formèrent le Conseil des Avocats afin de neutraliser les brebis galeuses sans faire trop de vagues, donc sans nuire à la Belgique en elle-même. Si vous saviez le nombre de scandales que nous avons évités ! Vertigineux ! Pour ce faire, il nous fallait armer ce bras, on ne pouvait pas faire commettre des actes pareils à des personnes respectables, c'est pour cela que nous avons –je parle de mes pairs, bien évidemment – que nous avons choisi un tueur à l'intérieur même de la prison... Personne n'irait chercher un assassin en prison. Qu'en pensez-vous ?

– Certes, certes, comme vous dites. L'idée est jolie.

– Et un certain soir, mon ami Anciaux est venu fondre en larmes dans mes bras. Vous savez, même les grands hommes craquent, parfois ! Pino et Otto étaient chargés d'escorter Lisin jusqu'à la résidence d'Anciaux, de le récupérer, un petit tour chez les filles et hop, retour en prison sans passer par la case départ ! Mais voilà, j'ai omis le fait que c'était Anciaux qui avait envoyé Lisin derrière les barreaux et cet imbécile de Lisin a voulu faire du zèle. Ma seule erreur, sans doute, mais je vais la racheter.

Il me sourit, Rodelet, surtout quand il ajoute :

– Le prochain tueur, lui, ne le ratera pas. Nous avons une réunion tout à l'heure et les cinq sapins verts vont statuer sur le sort de maître Jean-Marie Anciaux. Inutile de vous dire que le verdict est couru d'avance. Je ne peux pas, la Belgique ne peut pas se permettre que mon ami nous fasse une rechute. Vous rendez-vous compte de l'influence néfaste que ces déclarations auraient sur la jeunesse si elle apprenait que cet homme, si noble, si droit, vivait depuis cinquante ans avec l'identité d'un autre ? Si la justice était gérée par des crapules, où irions-nous ?

Claude n'ose même pas me regarder, et l'autre qui s'approche d'elle, qui va poser ses pattes sur elle.

– Je peux vous demander une fleur ?

– Certes !

– Sur ma tombe, comme épitaphe, faites écrire : «Ne pas déranger».

– J'y veillerai, monsieur Lecouvreur, et pour vos amis, rassurez-vous, il ne leur arrivera rien de fâcheux.

Il me regarde, Claude entre les bras, et ne peut s'empêcher, comme un gosse, de me dévoiler sa surprise.

– Vous voulez savoir comment vous allez mourir monsieur le Poulpe ?

– Évidemment ! On passe sa vie à se le demander !

– Mes amis vont vous emmener dans une mine qui porte un bien joli nom : La fosse du Noyé. À Marcinelle, pas très loin du bois du Cazier, mille trente-cinq mètres de profondeur, trois étages de boyaux qui sillonnent les entrailles de Charleroi. Là, ils vous attacheront très solidement à un madrier, accrocheront les clés à une distance respectable, rien que par sadisme parce que ce sont de grands enfants. Ils vous laisseront aussi une scie à bois mais le madrier est en métal, vous n'aurez qu'à faire comme les fauves pris dans un piège, vous scier un tentacule. Ensuite, ils remonteront à la surface, ouvriront une vanne et l'eau se répandra dans des kilomètres de galeries, il y en aura pour des heures surtout que vous serez au premier étage à cent cinquante mètres à peine de profondeur. L'eau en aura pour sept ou huit heures à gagner votre étage, lentement, lentement, en noyant la mémoire de Constant Malva et de bien d'autres pauvres bougres. Puis vous verrez monter le liquide, puis vous boirez la tasse. Pour le compte, cette fois. Je vous le promets. C'est votre ami Vergeat qui sera déçu, lui qui ne rêve que de vous agrafer !

Il se tourne vers Claude, le vil :

– Vous venez, Claude ? J'aimerais vous montrer la bague que j'ai choisie pour nos fiançailles !

Claude me lance un regard éploré, elle semble regretter son geste.

Ça me fait une belle jambe !

Je suis entraîné par les deux pit-bulls, j'attends qu'on soit dehors, que le froid nous surprenne, qu'il y ait ce petit spasme sur lequel je mise mon dernier centime, ça marche, ils frissonnent, je sens l'étreinte mollir, je leur mets un coup de coude dans leur gros foie rongé par la vinasse, me dégage et fonce vers le bois, je me retourne, ils sont chacun d'un côté de la porte, on dirait deux gargouilles.

Je prends pas le temps de les dessiner, je cours de mes huit jambes, je cours, et je cours, je cours.

Putain, qu'est-ce que je cours ! Et je cours plus.

Je me rétame le nez sur le sol gelé, le mollet entre les mains, il pisse le sang, j'ai une fève dedans, comme à l'Épiphanie !

Je sais pas pourquoi mais j'ai l'impression que mes deux comiques vont me faire regretter d'avoir voulu jouer les filles de l'air, surtout qu'ils ont le foie fragile.

Claude a hurlé quand le coup de feu a éclaté, maintenant, elle se barre dans la Mazda avec l'autre pantin.

Je suis un couillon, hein !

Ben oui, je sais, je suis un grand sentimental ! Non seulement elle me fait cocu sur tous les tableaux mais, c'est pas assez, j'espère, dans mon for intérieur, qu'elle va regretter sa perfidie, zigouiller les horribles et en route vers le club Med, tous les deux !

Quand je vous dis que je suis con !

Et je me prends deux coups de pied dans l'estomac.

– Ça va pas, les mongols ? J'ai horreur de ça, moi, les coups de pied dans l'estomac !

Comment je vais faire pour prendre l'avion, maintenant, avec ce métal dans le mollet, les détecteurs vont flipper !

– Tu t'es pris une pelle, hein, le «Pouple» !

– Une grosse pelle, le «Plouc», surenchérit le Teuton.

– Et quand on se prend des grosse pelles, on chante, hein, Otto ?

– Ouais, on chante des grosses pelles !

– Enfoirés !

– Allez, en route !

– Aïe, ma jambe !

– T'en fais pas, c'est pas de ça que tu mourras, va !

– Je te proposerais bien une cigarette mais c'est pas bon pour la santé !

Cette fois, on prend la peine de m'immobiliser, on me saucissonne, j'ai l'air d'un rôti qu'on va mettre au four avec ma gousse d'ail dans la jambe.

Au revoir, Cheryl, je t'aime, tu sais !

17

Donc, il était une fois un joli doigt de fée qui poussait sur le bouton rappel de son téléphone et loin, loin, mais loin de là, dans un appart de la rue Popincourt, au-dessus d'un salon de coiffure, une femme cesse son va-et-vient nerveux et se rue sur le téléphone :

– Gabriel ?

– Non, madame ! Mais si vous tenez à le revoir en vie, faites ce que je vous dis !

– Qui êtes-vous ? Qu'est-ce que vous avez fait de mon Gabriel ?

– Et cette fois, faites ce qu'on vous dit de faire…

Quant à moi, je n'en mène pas large.

« Mais toi, ô Éternel, tu es mon bouclier qui me protège !
Tu es mon humeur et me fait porter la tête haute ! »

Il faut pas en mener large pour évoquer son ange gardien en récitant l'incantation idoine : psaume 3, verset 4, en y mettant tout le respect et la ferveur que la démarche nécessite.

– Vehuiah, espèce de connard, est-ce que tu vas pointer tes miches, nom de Dieu ? que je grogne en toisant le madrier qui me retient comme un amoureux un soir de Saint-Valentin. Les clés sont là, à quelques mètres de moi, sous une radio qui laisse libre cours aux exactions d'une Gibson, et ce boyau sombre qui court dans sa pénombre jusqu'à l'obscurité, avec de temps en temps une ampoule avare enfermée dans son globe de verre strié de métal.

Il y a une scie à bois à mes pieds mais le madrier est en métal. Je ne peux pas me scier un bras, comment caresser le corps de Cheryl avec un moignon après ?

La pauvre !

Si au moins, je m'étais suicidé, mais non, je vais mourir noyé, moi, le Poulpe !

La preuve que je suis quand même un tout petit peu humain.

Et dans la solitude de la mort, il me souvient un poème du livre du métro. Je m'étonne de le réciter par cœur alors que je suis pas foutu de me souvenir d'une seule chanson de Brel sans en oublier la moitié :

« La mort, dis-tu, et après ?

Dès lors que les rêves,
Cavales déliées à la froideur de l'aube,
S'en sont allées au-delà du songe et du temps d'amertume,
Qui dira demain le poème des nuits ?

La main a fermé la bouche en deçà du cri,
Muselant ta révolte et forçant à nous taire.
La terre t'a repris et réduit à elle,
Violence de l'étreinte qui te rendra poussière.
Tu lui fais allégeance, puisque c'était écrit.

Mais il est d'autres voies que l'humble soumission :
L'amante aveugle a retiré sa main.
Ton poème pétrit l'or sombre du silence
Et livre à qui l'approche le cri muet du mot. »

Rideau !

Et maintenant, c'est Cockney Rebel qui fait péter les plombs, Steve Harley et son pote qui sature son violon comme seul il est capable de le faire, on dirait Jimmy Hendrix qui s'est gourré d'instrument.

Le seul regret que j'aurai en partant, c'est que ces connards s'en tireront et ce paquet de billets qu'ils ont oublié dans ce sac Monoprix qui traîne là, par terre.

– Qu'est-ce qu'il a encore dit, Socrate, avant de mourir ? « *Criton, n'oublie pas de payer le coq à Asklépios !* »

J'entends à peine l'eau qui s'engouffre sous mes pieds, dans les autres boyaux, ça doit faire deux heures que je glande à attendre la mort.

Pourvu qu'elle soit pas à l'heure, cette conne !

J'ai pas dû mettre assez de ferveur en appelant mon ange gardien !

Allons, réitérons notre demande à l'ange gardien, en trois formulaires, un C123, un F87 et un G9.

Rien, rien que l'écho qui multiplie les formulaires à l'infini, on se croirait à une distribution de tracts du FN.

– Eh, Vehuiah, t'es à un concert des Stones, gars ?

Et il me répond, ce couillon ! Et avec un accent

belge, un vrai de vrai avec les frites et la mayonnaise :

– J'espère qu'après ça, tu diras plus qu'on est lourds et cons, nous les Belges !

Devinez qui c'est. Vous voulez des indices ?

Il est gros, plus très jeune, il a un sourire qui lui sert de moustache comme s'il venait de vider une bière.

– Marcel, mon gros Belge !

Le premier qui me raconte une histoire belge, à l'avenir, je lui mets un pain !

– Tu sais, c'est quoi, un squelette dans une armoire, en Belgique ?

– Les clés sont là, pendues au clou. Et s'il te plaît, coupe la radio !

– C'est un Belge qui jouait à cache-cache et qui a gagné !

– Dépêche-toi, Marcel, ma montre n'est pas étanche ! Comment t'as su que je jouais au spéléologue ?

– Un coup de téléphone ! Une certaine Cheryl, tu connais ? Elle m'a appelé de l'autoroute.

Comment pouvait-elle savoir que je jouais au bouillon Liebig ?

Et mon gros Marcel qui engage la clé dans la serrure.

Me voilà fringant comme un os de seiche abandonné sur un brise-lames, j'arrête Gary Moore qui devient mégalo dans les hurlements de la radio, j'attrape le sac de Monoprix, me masse un peu le mollet composté et… me demande combien il y a dans le sac.

– Ça fait beaucoup de sous, ça, Marcel ?

– Tu parles, quatre liasses de billets de dix mille balles, ça fait un million.

– De francs français ?

– Non, ça doit faire dans les cent soixante mille francs ! Comment t'as fait pour te retrouver au trente-sixième dessous ?

Il a un de ces humours, ce Belge !

– Claude !

– C'est une pouffiasse ?

– Je pouvais pas faire un pas sans que Rodelet sache où j'étais, elle le contactait avec son téléphone portable. C'est bien ma veine, pour une fois que j'ai le béguin !

– J'ai essayé de fermer les vannes en descendant, ils ont tout fait sauter. C'est irréversible.

– T'es armé ?

– Tu sais bien que ma femme veut plus. De quoi t'as peur ?

– Qu'ils reviennent chercher le fric qu'ils ont oublié ! Quelle heure qu'il est ?

– Midi !

– Les cinq sapins verts doivent se réunir cet après-midi pour statuer de nouveau sur le sort d'Anciaux et se choisir une nouvelle main armée, faut qu'on les trouve avant et qu'on fasse cesser tout ce cirque !

– Tu crois que c'est chez les têtes de bites ?

– Non, gars, ça fait pas assez théâtral ! Tu connais un gymnase du côté de Landelies ?

– Non, mais ça devrait se trouver facilement.

– Allez, Marcel, on se casse !

Mais on n'est pas allés loin. Au coin d'une galerie, quelqu'un nous a refusé la priorité et nous a ramenés vers le madrier de métal.

– Putain, le «Louple», tu sais pas mourir sans faire d'histoires, non ? Faut que tu nous fasses ton numéro ! a dit Pino.

Oh ! C'est fini, ce truc ? Je meurs, je meurs pas ! Décidez-vous, hein !

Cheryl, elle m'attend et j'aimerais revoir sa stagiaire...

– Et éteins plus la radio, le «Loulpe», c'est beau de mourir en musique.

On s'y est retrouvés à deux, pendus au madrier comme deux jambons dans un cellier mais cette fois, Pino avait emporté la clé et le magot.

Perfectionniste, va !

À la radio, y avait les Pink Floyd qui jouaient *Money*, rien que pour nous embêter.

18

Les Flamants Roses avaient rangé leur calculette et les cacahuètes grillées du sourire de Johnny Lee Hooker grattaient sa guitare, un tintamarre, je vous jure.

– Une Leffe ?

– Comment t'as reconnu ?

– On fait des rots bien particuliers avec une Leffe !

– Et toi ?

– Une Claude !

– Oh ?

– J'ai envie de faire un truc !

– Ben, vas-y !

Alors, dans les entrailles de la terre, j'ai hurlé :

– Salope !

C'était jour de solde, à la fosse du Noyé : deux saucissons pour le prix d'un !

Et on a entendu un coup de feu.

– T'as pas vu la Mercedes, en venant ?

– Non !

– Qui ça peut bien être ?

Deux nouvelles détonations.

– Les flics, tu crois, Gaby ?

– Pense pas ! Claude ?

– T'es un sentimental, toi, hein ! C'est ça qui te perd.

– Elle se sera rappelé ce qui s'est passé dans le gymnase et…

– Tu crois ?

– Non ! Et toi ?

– Non !

De temps en temps un coup de feu fait grésiller les parois et de la houille s'en échappe.

– Dis, Marcel, après : *Je vous salue Marie*, c'est quoi ?

– Donnez-nous notre pain quotidien !

– Sûr ?

– Non !

Je sais pas pourquoi mais j'ai l'impression que je vais voir Claude débouler dans la lumière de la galerie et me dire : Je le ferai plus, Gaby !

Elle est si jolie dans la lumière.

Et un râle aux accents italiens qui précède Pino sur trois pattes, suivi d'une voix anthracite qui bredouille :

– Si vous vous étiez rendu, je n'eusse pas tiré ! Que vouliez-vous que je fisse ?

– Vous avez «fisse» ce qu'il fallait faire, maître !

Maître Anciaux est très beau en justicier.

– Votre amie m'a appelé de l'autoroute, monsieur Lecouvreur.

– Je l'aurais deviné.

Il pointe l'arme sur Pino, éteint la radio et enjoint :

– Détachez-les !

Après avoir récupéré mon sac, on est partis vers la sortie, un peu plus rapidement que tout à l'heure puisque je commençais à connaître le chemin.

Anciaux est tout pâle, il me regarde et a du mal à articuler :

– C'est la première fois que je tire sur un homme !

Quand on est arrivés au bout de la galerie, l'eau finissait de remplir le second étage, j'ai dit :

– Grimpe, Pino !

Et une voix à l'accent allemand a dit :

– Descends, Pino !

Et c'est reparti pour un tour.

Pino me bouscule, je roule sur mes potes qui finissent en nœud marin emmêlés dans mes jambes, je me relève, Pino est sur moi, on se bat comme des malades, je lui mets un uppercut, un crochet et toute une suite de coups, on roule dans la galerie comme des chiffonniers.

J'entends Otto qui crie :

– Arrête, le «Ploulple», ou je descends tes copains.

Un coup d'œil aux copains : si je me rends, on finira de nouveau au poteau des Indiens, noyés comme des petits chats indésirés, j'immobilise

Pino à qui je fais enfin une tête comme un autre, un regard à Marcel qui me lance un signe d'impuissance face au canon vissé dans sa narine.

Je fais une clé à Pino qui hurle de douleur.

Ou c'est moi ?

Ce doit être tous les deux parce que je me tiens l'autre mollet, je regarde au travers du trou et, parfaitement dans son axe, je vois un Otto qui se marre, si ça continue, je pourrais plus boire sans une serpillière !

La première blessure ne saigne plus mais la seconde pisse le sang pour deux.

– Demi-tour, les enfants !

– Je peux me faire un bandage, sinon, avec l'eau, ça va s'infecter.

L'eau arrive, elle commence à s'étendre dans les galeries comme une rumeur, noire comme une conscience, mortelle comme une naissance.

C'est de nouveau la radio qui commande, Toto et son *Africa* nous cassent les oreilles, c'est pas que j'aime pas la pop mais je la préfère dans un salon.

Au sec.

Et ils nous laissent là, tous les trois. Cette fois, c'est fini, à moins que…

– À moins que Claude…

Pan !

Quand je vous le disais !

– Claude !

– Tu nous les casses, Gaby, avec tes rêves d'étudiant. Ta Claude, elle est plus pourrie qu'un ministre des finances.

Jaloux.

Il est jaloux, le Marcel.

On entend les balles qui ricochent et cette eau qui s'infiltre dans mes blessures...

Et vas-y que je te tire dessus, et vas-y que je riposte et bien sûr, nous, on sait rien.

– Q.I. d'étron !

Ah ce juron !

Cette adorable emphase, cette syntaxe parfaite, cette sémantique prolétarienne, cette recherche dans le grossier, je connais qu'une seule personne qui allie féminité et rustrerie avec autant d'élégance.

– Putain, tu vas voir si je suis une salope. Crève, merdeux. J't'en foutrai, moi, des pouffiasses. Tu sauras que je suis ni une pétasse, ni une pouffiasse, ni une radasse et encore moins une grognasse !

Et je vois un ange, tout de rose vêtu, qui nous sourit, ses cheveux blonds lui dégoulinent autour du visage, elle avance, elle se plante dans l'eau, tient quelque chose au-dessus de sa tête en lui évitant de plonger avec elle, ce doit être important, enfin, toute sale, elle arrive dans la lumière en tendant le bras.

– T'as oublié d'emporter ta casquette, mon Gaby, elle était dans le salon.

19

– Mais comment ça se fait que tu sois là, je t'avais dit d'aller à Moisselle !

– J'avais peur que tu prennes froid. Qui est cette Claude ?

– Une pouffiasse ! Qu'est-ce que t'as fait des deux gugusses ?

– Je crois qu'ils sont morts.

– Sûr ?

– Ouais ! Ils sont morts ! Plus mort que ça, t'es au Vatican !

Cette fois, la voie est libre, je ne vois pas qui pourrait nous faire encore prisonniers, les deux gugusses flottent le ventre à l'air, comme un poisson de mer du Nord face à l'empire du pétrole, j'attrape le sac Monoprix qui repose sur le ventre de Pino.

– Vite, Rodelet doit être en pleine plaidoirie, à l'heure qu'il est.

On arrive au fond de la galerie, l'échelle de fer court le long du gouffre, au loin on entend Bruce Springsteen qui se démerde avec sa *River*, ça lui sera fatal.

– On grimpe ?

– On grimpe !

Dehors, il fait une de ces journées où le soleil a oublié de se lever, à vous faire se suicider un huissier de justice ! Il fait si triste, si triste, si belge !

On revient de loin.

– Ma Peugeot est là-bas ! Qui c'est qui m'a téléphoné ?

– Sais pas ! J'ose plus rien dire, moi.

Devant la Peugeot, une drôle de surprise nous attend.

– Et c'est reparti !

Les skins sont là, à quelques mètres de nous, j'attrape le flingue de Cheryl, je tire en l'air mais ils ont dû oublier qu'ils sont vivants, ils ne craignent même pas la mort.

C'est d'un manque de savoir-vivre, tout ça !

– Le terril, on fonce au terril !

Le crassier est à deux pas, couvert d'arbres nus et d'herbe morte, on s'y faufile à la queue leu leu, maître Anciaux grimpe avec peine, on doit l'aider, on entend des cris qui fusent de partout, ils doivent être plus de vingt.

– Ça me rappelle le Congo belge en 59, Gaby. On était encerclés par au moins mille noirs et nous, on n'était que douze.

– Et qu'est-ce que vous avez fait ?

– On a foncé dans le lard.

– Et qu'est-ce qui s'est passé ?

– Ben, on a tous été tués, tiens !

On a vidé quelques chargeurs, deux ou trois horribles se sont affalés comme si on leur avait ôté les piles, leur visage n'avait aucune expression dans la mort. Je vous jure, ça vous fiche une de ces trouilles.

– Mon sac, Lecouvreur !

Le chef, le gros skin qui maniait la batte de base-ball comme un cure-dents, il rigole pas, il me tend sa patte avant droite et si je lui donne pas le sac, il sera en pétard.

– Vous aller nous rattacher au totem ?

– Non, on vous conduit chez maître Rodelet !

– Au gymnase ?

– Ouais ! Merde, il me devait mille balles, dit le gros en mettant un coup de pied dans un cadavre.

– Comment sait-il que nous ne sommes pas morts ?

– On n'était pas là pour toi, Lecouvreur, maître Rodelet a pas confiance dans les deux nullards, on venait juste voir s'ils se barraient pas avec l'argent de la cause.

– Quelle cause ?

– Celle du national-socialisme ! Tous ces étrangers qui nous prennent notre pain, on va les niquer ! Il est là, le vrai danger !

J'avais vraiment pas le courage de me mesurer à la montagne de leur bêtise, y'a des jours comme ça !

– Dans le camion, tous !

Et on se retrouve sous une bâche, les fringues détrempées, sciés par le froid, j'essaie de réchauffer Cheryl qui grelotte.

– Tu te rends compte, Gabriel ? Je suis toute décoiffée !

– T'as jamais été aussi jolie, ma chérie !

Son visage s'épanouit, tout à coup.

– Oh, Gabriel, on va mourir comme Roméo et Juliette !

– J'en ai toujours rêvé !

Un quart d'heure plus tard, on nous débarque à coups de pied, comme un troupeau dans un abattoir clandestin, je reconnais la bulle du gymnase, la Mazda de Claude et quatre Mercedes.

Le club des sapins verts au grand complet.

– Allez, les mongols, on entre !

Comme on n'a pas le choix, on obtempère et on découvre un maître Rodelet à peine embêté de nous revoir, faut dire qu'il a son public et une place à tenir.

– Décidément, monsieur Lecouvreur, Vergeat vous sous-estime. Il a usé de termes peu élogieux en parlant de vous.

– Vous savez, mon vieux, que je lui rétorque, la mort, on s'y fait jamais tout à fait !

– Cette fois, reprend-il, je crois que vous n'y couperez pas.

Les quatre autres sapins verts ont des têtes de figurants, c'est à peine s'ils ont une ombre.

Claude est dans un coin, elle baisse les yeux, n'ose pas me regarder.

Elle va bondir, brandir un flingue, hurler :

– Sauve-toi, Gaby, je m'occupe d'eux !

Je le sais.

– Arrête de rêver, bordel !

Si Marcel se met à lire les textes quand je pense, où allons-nous ?

– Eh bien, Jean-Marie, dit Rodelet en se pavanant, nous parlions justement de vous, nous en étions à l'ordre du jour, à savoir : qui va remplacer ce bon vieux Lisin que votre fille a occis !

– Si j'avais su, je ne vous aurais jamais proposé au Conseil de l'Ordre !

– Parce que vous y auriez fait long feu, peut-être…

Rodelet pointe le doigts vers les quatre avocats véreux qui s'y croient et continue :

– Vous n'auriez pas marché dans la combine, Jean-Marie, il y a une période de purgatoire avant d'accéder au Balancier. On vous aurait pris un successeur.

Les skins se sont barrés, il ont laissé le sac sur le cheval d'arçons qui me remplit de nostalgie ; je cherche une solution pour nous tirer de là mais il n'y en a pas, le pistolet-mitrailleur que Rodelet tient en main ne nous laisse aucune initiative.

– Et Gladio dans toute cette histoire ? que je demande juste pour encore grappiller quelques secondes sur la mort.

– Une voie de garage, un leurre, comme Claude !

Il se tourne vers les quatre pantins et grogne :

– Préparez les explosifs !

Puis, à nous :

– Ce gymnase appartient à une société dont je suis le président. Non seulement je vais me débarrasser de vous, mais l'assurance va me le rembourser. Et je ferai porter le chapeau à ces petits merdeux d'extrême droite qui voient en moi la réincarnation de qui vous savez.

Et l'autre pouffiasse dans son coin qui continue à regarder si elle a pas d'échelles à ses bas.

Si je me retenais pas... J'y grimperais !

Un des quatre avocats revient vers nous avec une télécommande, il vont pas nous obliger à regarder TF1 après la radio, hein !

– Il n'y a plus qu'à presser le bouton, maître Rodelet et boum !

Et un coup de feu éclate, le pistolet-mitrailleur de Rodelet décrit une jolie arabesque dans l'air et l'avocat se tient le poignet.

20

– Tu vois, Marcel ! Qu'est-ce que je t'avais dit ?

Claude tient un pistolet nacré en main, elle me regarde tristement, les cinq sapins verts aimeraient bien se dire qu'ils vont se réveiller mais ils dorment pas.

– Qu'est-ce qui vous prend, Claude ?

Rodelet a du mal à comprendre, il n'a jamais rien entendu à l'amour !

– Je pense qu'il y a moyen de bronzer sans faire d'ombre à personne, maître ! Il est temps que quelqu'un mette un terme à vos exactions.

– Vous n'allez pas…

– Si !

Et elle ajoute, plus bas :

– En mémoire d'un jeune garçon qui a perdu la vie pour un bizutage. C'était mon petit frère !

Elle se tourne vers le gars qui tient la destinée de TF1 en main.

– Donnez-moi le détonateur !

L'autre ne se fait pas prier, c'est pas lui qui tentera un baroud d'honneur.

– Attachez vos complices aux espaliers.

Je comprends où elle veut en venir, j'interviens :

– On pourrait les remettre entre les mains de la justice, ils auraient un procès équitable !

– Il n'existe aucune preuve, Gaby, aucune !

– Avec son témoignage, ça marcherait, dis-je en montrant Anciaux.

– Tu oublies que je t'ai promis de ne pas parler de son histoire, et puis qui croirait quelqu'un qui a usurpé une identité durant cinquante ans ? Non, Gaby, il n'y a personne en dehors de ce gymnase qui connaisse la véritable histoire du Balancier. Après eux, le Balancier retrouvera la place qu'il aurait dû garder : la légende. Les étudiants pourront faire leur enquête sans risques parce qu'il n'y aura rien à trouver, rien ! Ce n'est pas toi ni personne qui en parlera C'est le seul moyen. Mon petit frère est mort pour un pseudo-mythe, on va lui donner raison.

– Tu peux pas te mettre à la place de la justice, Claude !

J'avance, petit à petit je grappille des pas, je suis à deux mètres d'elle, dans deux secondes, je me saisirai de son arme, je sauverai la vie de cinq connards qui n'en valent même pas la peine !

Et je reçois une balle dans mon troisième mollet.

– Prends ton sac, Gaby, et sortez tous les quatre !

– Tu vas pas rester dedans, viens au moins avec nous !

– Je... Je serai une meurtrière ! Je ne vaudrai pas mieux qu'eux !

– Tu n'es pas comme eux, Claude ! C'est toi qui as appelé Cheryl, hein ? Tu n'étais pas forcée de le faire.

Et juste au mauvais moment, l'autre toquard, le Rodelet, qui remet de la sauce :

– Vous ne pouvez pas la laisser faire, monsieur Lecouvreur ! Si vous êtes un justicier, agissez en justicier, remettez-nous entre les mains de la justice !

Y'en a un des cinq qui a fait dans son froc, je sais pas lequel mais y en a un !

Je l'ai regardé, le Rodelet, et je lui ai dit :

– Quand on crache en l'air, maître, ça vous retombe souvent sur la gueule !

Et on est sortis du gymnase, on s'est planqués près des voitures et Marcel me regardait tristement quand je répétais :

– Elle va sortir, elle va sortir, elle va...

On n'a vu qu'un gymnase péter dans un ciel qui glissait vers la nuit, dans un paysage si belge que ça m'a foutu un de ces cafards...

Il restait plus qu'une tache toute noire là où quelques heures plus tôt…

J'ai pensé à un poème du livre, je vous jure, c'est marrant, hein :

Saïgon ô serpent arraché au fleuve immobile
Je me souviens de toi de ta touffeur cruelle où planent
Suspendus dans le ciel sans souffle
Les cris grouillants des voix au visage semblable

Étrange étrangeté
L'air lourd violent jusqu'à la nausée
Étale sa boue molle dans cette chambre sans nom
Le lait de la peur coule à travers les persiennes

Saïgon ô courtisane corrompue
Ton regard filtré par le gel de la haine
Toi dont l'étreinte me glace et me livre éperdu
À la berge amère du meurtre

Au fond d'une ruelle
La fascination d'une lampe où l'amour se joue
À la désespérance

Qui dira les convulsions de la rizière en feu
La fulgurance des bombes et la sauvage beauté
D'une pluie de lumière noyant dans une même nuit
L'orange de la mort et les cris de terreur

Saïgon ô Saïgon
Qui dira l'odeur de ton sang le sexe de ta blessure

Où se noie l'éclair noir des innocences perdues. »[1]

Cheryl a bien vu que je pleurais, elle n'a rien dit, elle est venue se blottir contre moi avec sa salopette rose toute sale, ses cheveux pleins de gadoue, et m'a serré très fort.

– J'espère que vous saurez tenir votre langue sur votre passé, maître, que j'ai dit à Anciaux. Cette petite en valait la peine !

Le blues que j'avais, toutes ces mains noires sur des guitares, elles pourront jamais le chanter !

On est rentrés au Palais de la Bière où Ginette nous préparait un waterzoi, Cheryl a pris une douche et j'ai dit à Marcel :

– Je pense que je vais les écrire, ces chapitres sur la bière belge !

– Je te donnerai un coup de main, garçon !

– Mais ils feront pas partie d'un bouquin sur la bière, non, ce sera une livre sur la gentillesse et la délicatesse des gens de ce pays.

Ce soir-là, quand on s'est couchés sur le lit aussi haut que la garde-robe, Cheryl et moi, on s'est pas touchés.

Ce devait être la première fois que je dormais avec Cheryl sans lui faire l'amour, la première et la dernière.

Elle m'a embrassé et m'a dit :

– Fais-lui un gros câlin pour moi, Gaby !

(1) Poème extrait de *Mémoire de la Terre V* de Marie-Thérèse Esqué-Dolfo.

Épilogue

Je l'ai retrouvée, la fille du bouquin du métro, il faut dire que j'y ai mis du mien, que je l'ai attendue, tous les jours, là où elle était descendue si précipitamment de la rame et j'ai fini par la voir dans la foule, ses cheveux noirs m'ont rappelé Claude mais ses yeux «mémoire du ciel» me l'ont fait oublier.

Je lui ai rendu son livre, elle m'a dit :

– Merci !

Avec un accent français épouvantable !

Et m'a refilé son numéro de téléphone.

Vlad est assis près de moi, le regard au quarantième rugissant, et Léon part du cul, de plus en plus, un de ces quatre, faudra le piquer.

Vlad aussi !

Y'a un couple de Belges qui mange à la table 1, près de la fenêtre. Gérard me fait signe, je me rapproche :

– T'as vu, des Belges !

Je pense à un petit garçon à qui j'ai laissé une liasse de billets de dix mille francs belges, à un gros homme qui a reçu le même cadeau et à un chat dont je connais toujours pas la marque qui dort sur un lit aussi haut que la garde-robe et je dis à Gérard, en ravalant mes larmes :

– C'est pour moi, garçon !

– Quoi ?

– La table des Belges, l'addition de la une, c'est pour moi !

Et je vous jure que j'ai senti ce parfum sucré, fruité, que j'ai vu le visage de Claude qui me souriait dans cette lumière qui baignait le café, un visage superbe, en plénitude, avec une seule face.

Bande de Belges, va !

LE POULPE

Jean-Bernard Pouy	*La petite écuyère a cafté*
Serge Quadruppani	*Saigne sur mer*
Patrick Raynal	*Arrêtez le carrelage*
Didier Daeninckx	*Nazis dans le métro*
Noël Simsolo	*Un travelo nommé désir*
Franck Pavloff	*Un trou dans la zone*
Paul Vecchiali	*La pieuvre par neuf*
Jean-Jacques Reboux	*La cerise sur le gâteux*
Claude Mesplède	*Le cantique des cantines*
Pascal Dessaint	*Les pis rennais*
Olivier Thiébaut	*Les pieds de la dame aux clebs*
Gérard Delteil	*Chili incarné*
Roger Martin	*Le G.A.L., l'égout*
Jean-Christophe Pinpin	*Les gens bons bâillonnés*
Bertrand Delcour	*Les sectes mercenaires*
Hervé Prudon	*Ouarzazate et mourir*
Guillaume Nicloux	*Le saint des seins*
Roger Dadoun	*Allah recherche l'autan perdu*
Pascale Fonteneau	*Les damnés de l'artère*
Sylvie Granotier	*Comme un coq en plâtre*
Romain Goupil	*Lundi, c'est sodomie*
Olivier Douyère	*Bunker Menteur*
François Joly	*Chicagone*
Michel Chevron	*J'irai faire Kafka sur vos tombes*
Mano Gentil	*Boucher double*

DÉJÀ PARUS AUX ÉDITIONS BALEINE

1. **Le Poulpe** - Jean-Bernard Pouy
   La petite écuyère a cafté
   Prix Paul Féval de littérature populaire 1996
2. **Le Poulpe** - Serge Quadruppani
   Saigne sur mer
3. **Instantanés de Polar** - Franck Pavloff
   Foulée noire
4. **Le Poulpe** - Patrick Raynal
   Arrêtez le carrelage
5. **Instantanés de Polar** - Olivier Thiébaut
   Larmes de fond
6. **Instantanés de Polar** - Jean-Jacques Reboux
   Le massacre des innocents
   Trophée 813 du meilleur roman francophone 1996
7. **Le Poulpe** - Didier Daeninckx
   Nazis dans le métro
8. **Le Poulpe** - Noël Simsolo
   Un travelo nommé désir
9. **Le Poulpe** - Franck Pavloff
   Un trou dans la zone
10. **Instantanés de Polar** - Noël Simsolo
    Couleur sang
11. **Le Poulpe** - Paul Vecchiali
    La pieuvre par neuf
12. **Le Poulpe** - Jean-Jacques Reboux
    La cerise sur le gâteux
13. **Le Poulpe** - Claude Mesplède
    Le cantique des cantines
14. **Le Poulpe** - Pascal Dessaint
    Les pis rennais
15. **Le Poulpe** - Olivier Thiébaut
    Les pieds de la dame aux clebs
16. **Le Poulpe** - Gérard Delteil
    Chili incarné
17. **Le Poulpe** - Bertrand Delcour
    Les sectes mercenaires

18. **Le Poulpe** - Roger Martin
Le G.A.L., l'égout
19. **Le Poulpe** - Jean-Christophe Pinpin
Les gens bons bâillonnés
20. **Le Poulpe** - Hervé Prudon
Ouarzazate et mourir
21. **Le Poulpe** - Guillaume Nicloux
Le saint des seins
22. **Instantanés de Polar** - Guillaume Nicloux
Zoocity
23. **Canaille/Revolver** - Jean-Bernard Pouy
Spinoza encule Hegel
24. **Canaille/Revolver** - Patrick Raynal
La clef de seize
25. **Canaille/Revolver** - Anne Matalon
Petit abécédaire des entreprises malheureuses
26. **Le Poulpe** - Roger Dadoun
Allah recherche l'autan perdu
27. **Cheryl & Le Poulpe** - Pascale Fonteneau
Les damnés de l'artère
28. **Cheryl & Le Poulpe** - Sylvie Granotier
Comme un coq en plâtre
29. **Canaille/Revolver** - Michel Chevron
Fille de sang
30. **Canaille/Revolver** - Emma Christa
Elles sont pas croyables !
31. **Le Poulpe** - Romain Goupil
Lundi, c'est sodomie
32. **Le Poulpe** - Olivier Douyère
Bunker menteur
33. **Canaille/Revolver** - Alexandre Dumal
Burundunga !
34. **Le Poulpe** - François Joly
Chicagone
35. **Le Poulpe** - Michel Chevron
J'irai faire Kafka sur vos tombes
36. **Canaille/Revolver** - Pierre Filoche
Le banquet des ogres

37. **Cheryl & Le Poulpe** - Mano Gentil
Boucher double
38. **Instantanés de Polar** - Bertrand Delcour
Zen
39. **Le Poulpe** - Mouloud Akkouche
Causse toujours !
40. **Le Poulpe** - Serge Meynard
Lapin dixit
41. **Cheryl & Le Poulpe** - Chantal Pelletier
Lavande tuera
42. **Canaille/Revolver** - Gilles Vander
Divan terrible
43. **Le Poulpe** - Michel Cardoze
Du hachis à Parmentier
44. **Le Poulpe** - Jacques Vallet
L'amour tarde à Dijon
45. **Canaille/Revolver** - Gérard Lecas
MLF vaincra !
46. **Canaille/Revolver** - Sylvie Picard
Serial victime
47. **Instantanés de Polar** - Jean-Jacques Reboux
Fondu au noir
48. **Le Poulpe** - Gérard Lefort
Vomi soit qui malle y pense
49. **Le Poulpe** - Yannick Bourg
Les potes de la perception
50. **Cheryl & Le Poulpe** - Aïdé Caillot
Le Karma saut'ra
51. **Canaille/Revolver** - Dashiell Penac'h
Le deuil dans le miroir
52. **Canaille/Revolver** - Pierre Fossard
Je suis un assassin
53. **Instantanés de Polar** - Michel Chevron
Les Purifiants
54. **Le Poulpe** - Alain Puiseux
Je repars à Zorro
55. **Le Poulpe** - Alain Bellet
Danse avec Loulou

56. **Canaille/Revolver** - Pierre Cherruau
Nena Rastaquouère
57. **Instantanés de Polar** - Yasmina Khadra
Morituri
58. **Le Poulpe** - Cesare Battisti
J'aurai ta Pau
59. **Le Poulpe** - Lucio Mad
Dakar en barre
60. **Cheryl & Le Poulpe** - Stéphanie Benson
Crève de plaisanterie
61. **Canaille/Revolver** - Pierre Filoche
Quand on a que la mort
62. **Canaille/Revolver** - Sylvie Rouch
Zoé s'en va-t-au ciel
63. **Instantanés de Polar** - Pierre Siniac
L'affreux joujou
64. **Le Poulpe** - Bruce Mayence
La Belge et la bête
65. **Le Poulpe** - Hervé Mestron
Eva te faire voir !
66. **Le Poulpe** - Guillaume Darnaud
Le crépuscule des vieux
67. **Canaille/Revolver** - Patrick Raynal
Nice 42ème rue
68. **Instantanés de Polar** - Noël Simsolo
Apocalypse Nord

À PARAÎTRE

Coffret Un été de Poulpe (trois titres) :

69. **Le Poulpe** - Fabienne Tsaï
    Sans foie ni loi
70. **Le Poulpe** - Alain Raybaud
    La lune dans le congélo
71. **Le Poulpe** - Guillaume Chérel
    Tropique du grand cerf

Cet ouvrage a été imprimé
sur presse Cameron
par ***Bussière Camedan Imprimeries***
à Saint-Amand-Montrond (Cher)
en juin 1997

– N° d'impression : 1/1462. –
Dépôt légal : juin 1997.

Imprimé en France